Pas si bête

Les confidences
de trois chiens guides

© Éditions Renaissens
Collection VOIR AUTREMENT
Numéro d'ISSN : 2678-8667
www.renaissens-editions.fr

Les éditions Renaissens publient les écrits d'auteurs aveugles, sourds, handicapés et de toute personne souffrant de l'exclusion.

Clélia Hardou

Pas si bête

Les confidences
de trois chiens guides

Roman

À mes enfants et à mon petit-fils Laszlo.

BENGY,
la force incarnée

On me surnommait l'Éclair, à mon école. À l'appel de mon nom, je me précipitais comme une flèche. Quand je comprenais, par un signe quelconque, qu'on allait sortir, rien ne m'arrêtait. Je captais instantanément tous les indices de la promenade.

Mon nom est Bengy. Je suis une femelle labrador noire, grande et puissante. On aurait pu m'appeler aussi Le garçon manqué car je suis toujours pleine d'énergie et à l'affût de la moindre bêtise. À la marche, j'avance vite et je tire beaucoup. Je suis faite pour un homme. Après mon éducation, j'ai été confiée à Édi Pop, mais je suis restée toute ma vie la propriété de l'école, comme le seront tous mes congénères.

L'école de chiens guides, où sont éduqués des chiens exclusivement destinés à devenir guides d'aveugles ou de malvoyants, se trouve à deux pas de chez moi. Elle comprend plusieurs corps de bâtiments dans une grande cour où ont été aménagés des chenils et des baignoires, en lisière de forêt.

Je n'ai pas été éduquée dans cette noble institution qui a ouvert ses portes il y a une trentaine d'années. Moi, je suis de la vieille génération. J'ai fait partie du projet expérimental, si l'on peut dire. Le directeur nous avait accueillis chez lui, en banlieue. Avec moi il n'y avait que deux autres chiens, l'un un peu plus âgé, Bali, un berger allemand, l'autre un peu plus jeune, un labrador sable. Nous habitions avec sa famille – notre famille d'accueil en somme – et dormions tour à tour dans une dépendance aménagée pour la nuit. Cet homme, le directeur, était un passionné d'éducation canine. Nous l'aimions mais connaissions les limites qu'il ne fallait surtout pas dépasser. Tel un vieil instituteur d'autrefois nous le respections. Quand j'avais peur ou que j'hésitais, il savait me rassurer. J'avais en lui une entière confiance. Eh oui ! Je parais très dure, mais sous ma carapace je suis une hypersensible. Qui le croirait ?

— Tu te rends compte, monsieur le directeur veut faire de nous des pionniers, me dit Bali.

— Comment ça ?

— Il veut faire de nous des chiens guides pour aveugles.

— C'est quoi, des aveugles ?

— Des humains qui ne voient pas.

— Ah ! Et qu'est-ce qu'il faut qu'on fasse ?

— On va justement apprendre. Il y a déjà plusieurs écoles sur Terre mais aucune près de chez nous. Il faut avoir un an pour pouvoir y entrer.

— Comment tu sais ça, toi ?

— Parce que j'ai commencé. Eh oui, je suis ton aîné de deux mois. J'ai aussi surpris des conversations quand j'ai accompagné monsieur le directeur dans le nord du pays. On a visité une école et il a posé beaucoup de questions. Il veut faire la même chose ici.

— Et pour nous, c'est bien ?

— Quand on est choisi c'est qu'on fait partie des meilleurs. On est important. Les autres te regardent avec respect. Ils t'admirent.

Très vite j'apprends à travailler pour faire plaisir à l'éducateur qui est un vrai copain. Mon éducation dure deux ans, mais je progresse par étapes. Le coût de mes études avoisine les … Je ne me souviens plus mais c'est cher et on n'a pas le droit de nous vendre. On est remis gratuitement aux personnes aveugles ou malvoyantes qui en font la demande.

J'habite maintenant au paradis des animaux où j'ai reçu, grâce à ma bienveillance envers les humains, la faveur d'observer tout ce qui se passe à proximité de mon ancien domicile.

J'ai pris ma retraite en même temps qu'Édi Pop, mon patron, mon maître. Et, contrairement à ce qui se pratique habituellement, je suis restée dans ma famille de non-voyants jusqu'à ma mort, alors que je ne guidais plus et qu'ils n'avaient pas fait la demande d'un nouveau chien.

À cause de mon grand âge, quatorze ans, j'étais devenue, moi aussi, presque aveugle et complètement sourde. Mais j'ai quand même eu une fin heureuse. On n'exigeait de moi ni efforts, ni travail, et on me laissait roupiller en paix. C'est la femme du patron qui m'a trouvée sur mon tapis, un matin de l'hiver 1999. Quand elle est entrée, elle m'a touchée comme chaque matin, et elle a tout de suite compris. Elle n'a rien dit au fiston qui partait au lycée mais elle a appelé mon école pour me faire emmener. Et là, j'ai fait une espèce de bond au Paradis. Wouah ! Quelle drôle de sensation ! Comme une impression de chute et de précipitation dans un tunnel où une douce lumière nous attire et baigne tout ce qui nous entoure. « Pourquoi les morts ne vivraient-ils pas ? Les vivants meurent bien ! » J'ai eu l'honneur de rencontrer Chaval, le dessinateur qui a fait cette remarque. Quel drôle de bonhomme ! Bref, pour le moment, revenons à mon histoire de chien guide.

Un mot concernant la femme du patron, aveugle, elle aussi. Gentille, mais pas assez athlétique pour suivre le rythme de ma marche effrénée ! Un jour, sans le dire à personne, elle a voulu me prendre au harnais et filer au bois. La pauvre ! Je lui ai joué un bien vilain tour. En fait de filer, on a galopé et j'en ai même rajouté, pour la frime. Enfin, surtout pour lui prouver qu'on ne s'improvise pas maître de chien guide quand on n'a jamais été formé ! Non, mais ! Au moment de traverser j'aurais dû marquer un arrêt mais on se trouvait déjà au milieu du carrefour quand elle cherchait toujours du pied la bordure du trottoir. À l'époque il n'y avait pas de bandes podotactiles agrémentées de picots et il fallait descendre la petite marche. En tout cas elle a eu sacrément peur et je vous garantis qu'elle n'a pas renouvelé l'expérience. J'étais trop fougueuse pour elle et aussi un peu pataude. Faut dire que je ne donnais pas dans l'élégance, avec mes larges pattes et mes bonds. On aurait dit que j'étais montée sur un ressort. Pas de détails non plus sur tout ce qu'il m'arrivait de manger dans les caniveaux. En le faisant rapidement, le patron n'y voyait goutte. Il voyait si peu, de toute façon.

Eh oui ! Comme tous les chiens, j'étais attirée par des mouchoirs sales ou des détritus de toute sorte. Ce n'est pas parce qu'on est chien guide qu'il faut nous idéaliser ! Après tout on est des chiens comme les autres ! Mais je peux affirmer, contrairement à l'avis des éducateurs de mon école, que j'ai toujours préféré un petit morceau de fromage à toutes ces cochonneries que je ramassais dans la rue.

Cela dit, au travail avec mon patron, je savais me tenir. Je filais droit et j'ignorais mes congénères, même les personnes que je connaissais et que j'aimais bien. Le patron était strict et n'hésitait pas à tirer un bon coup sur mon collier-étrangleur si je ne répondais pas à ses attentes. Ça faisait un de ces mal ! En fait, moi aussi j'étais stricte. Une seule fois, en dix ans de bons et loyaux services, j'ai pris la tangente pour rejoindre sa femme que nous croisions. Un grand moment de bonheur. pour tous les trois !

Poona et Dune qui m'ont succédé au service de la patronne ne peuvent pas se vanter d'une conduite aussi rigoureuse que la mienne. Par contre, lorsqu'on m'enlevait le harnais et qu'on le remplaçait par le body orange de chien guide en détente, je m'intéressais à tout ce qui était sur ma route. En laisse, avec la femme du patron, j'adorais foncer sur les pigeons occupés à picorer au sol. Mes mouvements généraient un gros froissement d'ailes qui la faisait rire.

Quand on me détachait sur la placette, derrière l'immeuble, j'ouvrais en courant ma gueule de grand labrador noir qui effrayait tout le monde. Là aussi, Poona et Dune ne feraient peur à personne car elles sont blondes. Dune, en particulier. Elle a un regard si doux qu'elle fait craquer d'amour les plus endurcis. Quant à Poona, son charisme est tel qu'elle ne pense qu'à séduire. Gare à ceux qui tombent entre ses pattes.

Mes tout premiers apprentissages

Petit retour sur mon passé. Je suis née fin 1984, dans un élevage du Maine-et-Loire. Mon nom était Benjamini, raccourci en Bengy pour faciliter l'éducation. J'ai été élevée à la dure par le directeur de la toute jeune école dont je vous ai déjà parlé et par un gars très sympathique, mais très exigeant, un Angevin lui aussi. J'ai oublié son prénom mais pas ses méthodes qui contrastaient avec son extrême gentillesse. Pour donner un exemple de ses traitements, il disait à mon maître, lorsque celui-ci voulait me corriger d'une bêtise, de me soulever de terre en me prenant par la peau du cou. Mais Édi Pop ne l'a guère pratiqué au vu de ma corpulence ou n'a pas osé, craignant sans doute de me faire du mal. Cet éducateur, que j'ai côtoyé tous les jours pendant six mois, a aussi formé mon maître.

Toute petite, contre le ventre de ma mère qui me nourrissait généreusement, j'ai d'abord appris à ne pas être brutale avec mes dents qui poussaient. Quand je la mordais elle me mordait à son tour, à plusieurs reprises, si bien que je me contentais de lui mordiller les tétons en retenant mes mâchoires au maximum et sans utiliser toute ma force.

Au contact des humains, j'ai dû faire mes besoins dans certains endroits réservés que sont les caniveaux. Jusqu'ici, tous les chiens bien élevés suivent ce chemin. Enfin maintenant c'est différent, les chiens font au milieu du trottoir et les maîtres ramassent à l'aide du petit sac en plastique, mis à leur disposition par la mairie. Je trouve ça vraiment sale et impudique. Nous, les chiens guides nous continuons de faire nos besoins dans les caniveaux, nous restons discrets et notre maître n'est pas obligé de ramasser. La loi prévoit une tolérance en faveur des aveugles.

Les premiers mots de langue humaine que j'ai appris étaient : *Ta place, Tu restes, Pas bouger* et *Pas toucher*. Le *Pas toucher* a pour nous une importance primordiale.

Par la suite, j'ai appris à monter dans une voiture sans grimper sur la banquette. Je sautais dans le coffre ou me glissais entre les sièges avant et arrière. Ou mieux : j'étais à l'avant, aux pieds de mon maître.

Comme tous les chiens bien dressés, je pratiquais quotidiennement les exercices de rappel et d'obéissance : retour *au pied* à l'appel de mon nom lorsque j'étais en liberté. *Assis*, quand on me le demandait ou *couché*. Ce dernier ordre est plus difficile à exécuter pour le chien qui, en général, n'aime pas se soumettre, enfin, pas à n'importe qui. Je répondais mieux à l'ordre *va jouer*, évidemment. En laisse, il fallait aussi que je marche *au pied*, sans tirer. Au début, ça m'énervait un peu quand on cheminait plus lentement que mon propre rythme. Enfin, c'est toute une éducation et ce n'était pas facile tous les jours ! Heureusement qu'il y avait de longs moments de détente et même de baignade. À cette époque j'adorais l'eau et j'en profitais chaque fois que nous croisions des ruisseaux ou des mares. Après, évidemment, il me fallait passer à la douche.

À l'issue de ce simple dressage, l'éducation a commencé. La différence est que dans le dressage il suffit d'obéir sans se poser de questions. C'est un peu la loi du plus fort, comme dans une meute où l'homme est le dominant. Dans l'éducation, on nous habitue à réfléchir à nos gestes, à mesurer du regard l'espace pour savoir si on peut passer à deux, à chercher la meilleure solution pour contourner un obstacle et continuer la route sans encombre. Là, on décide et ça devient intéressant. On sent venir la confiance en soi ; on sait qu'on a de la valeur et c'est motivant. La récompense alimentaire ou sous forme de caresse, quand on a bien réussi un exercice est la bienvenue, mais elle n'est pas suffisante.

Les choses se complexifient quand on me demande de reconnaître ma droite et ma gauche.

Pour ce faire, on me promène dans une allée et je reçois l'ordre de tourner *à droite*. Cette première étape est simple et je tourne volontiers du bon côté puisqu'il n'y a que cette possibilité.

Même chose pour la gauche. Après quoi, j'arrive à un croisement où je peux tourner à droite ou à gauche. Et là, je suis obligée de réfléchir quand on me demande tantôt la droite, tantôt la gauche. Comme je ne suis pas si bête (ah, ah, la bonne blague !), je mémorise vite ces deux mots et les associe à une direction précise. Très vite, je trouve intéressant de travailler pour les humains et je me pique au jeu.

Autre étape : je dois repérer *la porte* ouverte qui me permet d'entrer pour satisfaire mon odorat et ma curiosité ; puis la porte fermée en montrant la poignée par la position de mon museau. Je l'oriente vers la gauche si elle est située à gauche ou vers la droite dans le cas contraire. En récompense, je reçois un petit morceau de fromage. Mais après quelques répétitions je n'ai même plus besoin de fromage pour agir.

Les jours suivants, j'apprends à indiquer *le siège*, soit un banc dans un jardin public, soit une chaise vide dans une pièce. Sur demande, je peux même sauter sur *la boîte aux lettres* ou *le feu rouge* à bouton. Sur ordre *le métro*, je guide mon éducateur tout en haut de l'escalier au plus près de la rampe. Je me suis habituée à reconnaître l'architecture des stations que je fréquente. Sur ordre *le bus*, je repère l'abribus ou, à défaut, le véhicule lui-même dans lequel j'adore monter car on y découvre toujours du pays. Je deviens savante dans le vocabulaire des humains. Je commence à comprendre ce qu'on veut de moi.

Dans le métro, on me dit *le billet* pour que je m'approche des composteurs ou *le guichet*. C'est amusant. Mais la plupart du temps, je chemine des heures à la gauche de l'éducateur, tâchant de lui éviter les personnes ou les obstacles : poubelles, mobilier urbain, chantiers, véhicules bien ou mal garés. Quand j'échoue, on me fait reculer de cinquante mètres et je recommence. J'en fais des kilomètres chaque jour ! Et par tous les temps ! Pour la traversée d'une rue ou d'un carrefour, c'est l'éducateur ou plus tard le maître – en fait mon patron – qui me commande *va devant* quand je marque l'arrêt. D'ailleurs, je n'apprends pas à reconnaître la couleur des feux car ce n'est pas à moi de décider. On me dit *les lignes*, et je me place devant le passage pour piétons dans l'attente d'un ordre.

Mais rien n'est jamais acquis. Il ne faut surtout pas se faire réformer comme certains chiens, soit parce qu'ils ont des problèmes de santé incompatibles avec le guidage, soit parce qu'ils ont peur de tout et de n'importe quoi. Entrent dans la première catégorie les copains qui ont mal aux hanches à force de s'asseoir. Il faut dire qu'on nous forme à nous mettre en position assise à tous les croisements de rues ou devant chaque escalier. Alors, évidemment, il est indispensable d'être assez costaud pour supporter cette gymnastique. Les problèmes de vue ou d'audition mettent aussi un terme définitif à notre mission. Dans la seconde catégorie il y a les chiens qui s'arrêtent au moindre bruit, à la moindre ombre inquiétante, surtout le matin et le soir dans la pénombre. Un simple sac poubelle, agité par le vent, crée parfois une grosse frayeur chez certains congénères.

Pour éviter ces dérives, mon éducateur m'a fait entrer chez un boucher qui donnait de grands coups d'aplatisseur sur sa viande. On m'a aussi emmenée à la Foire du Trône où il y avait beaucoup de bruit, ainsi que dans une manifestation de travailleurs au centre de Paris. Les réformés, on les regarde de haut, et on ne veut surtout pas en être car, même choyés par des maîtres qui les adoptent après leur renvoi, ils portent la poisse. En fait, tout ce qui entrave le bon travail de guide peut conduire à être réformé. Aussi, il ne faut pas trop détourner son attention vers des congénères car hop, c'est fini ! La capacité de concentration pendant le travail est primordiale.

Moi, je ne suis pas trouillarde. J'ai compris le boulot et je l'aime. Mais à mesure que les jours et les mois passent, je deviens ultrasensible aux intonations de mon éducateur ; triste quand il me gronde, heureuse quand il me félicite ou me flatte de la main. Je m'attache de plus en plus à lui. De loin, je reconnais son pas à coup sûr et je me réjouis de sortir. Ses regards me vont droit au cœur. Il me confie parfois des mots que je ne comprends pas bien : « Tu vas bientôt avoir un maître, un homme très malvoyant qui vient de terminer son stage. Car il faut d'abord qu'il apprenne à bien s'orienter avec une canne blanche pour pouvoir te guider. Ensuite il viendra travailler avec toi à l'école ». Quel charabia !

Et puis le jour de l'examen arrive. Après une série d'exercices j'obtiens haut la patte ma certification de chien guide pour personnes aveugles. Comme je suis fière !

Arrivée dans la famille d'Édi Pop

Je fais mon entrée dans la famille d'Édi Pop, un après-midi de 1986, accompagnée de mon éducateur. Celui qui va devenir mon vrai patron est un homme très malvoyant, âgé de 53 ans. Il sera le chef de ma meute même si je dois quand même obéir à sa femme et accessoirement à d'autres personnes.

J'ai à peine franchi le seuil que j'entends la voix d'un petit garçon qui s'exclame : « Voilà Bengy ! » Ce à quoi, mon maître et l'éducateur répondent en chœur : « Oui, c'est Bengy ». La femme et le petit bonhomme de quatre ans sont assis autour de la table de la salle à manger. Tout le monde semble intimidé. Moi de même. Je vais donc vivre dans une vraie maison ! Sur un tapis, j'ai remarqué en passant quelques jouets : des peluches, une balle de tennis, une corde. Fini le chenil ? Et ma gamelle, alors ? Est-ce que je l'aurai aussi remplie que d'habitude ?

Parlons-en, justement. Le patron se rend dans la cuisine et me verse une dose de croquettes dans une cuvette en plastique. Il y ajoute une quantité d'eau chaude pour les réhydrater et une goutte d'huile. Bientôt je pourrai manger, mais pas avant qu'il n'ait trempé sa main dedans pour montrer que c'est lui le chef. Quand il me dit *prends*, j'approche délicatement mon museau pour déguster ma pâtée.

Quel dépaysement pour moi ! Au début, je ne sais pas où est *ma place*. Je veux dire l'endroit de l'appartement où je peux me reposer tranquillement. On me montre un tapis dans la cuisine – les maîtres affirment qu'ils n'ont pas assez d'espace pour installer un panier. Sur la recommandation de l'éducateur, on m'interdit carrément d'entrer dans les chambres. Sur ce point, les directives de l'école sont rigoureuses alors qu'aujourd'hui personne ne semble plus y accorder d'importance.

Bref, les premiers jours j'ai quand même beaucoup de mal à m'adapter. Je ne fais pas ma crotte car je suis déboussolée et peut-être stressée. Le lendemain de mon arrivée, le directeur qui est très impliqué dans notre éducation, passe à la maison pour aider mon maître. Cette disponibilité lui vaut d'être très apprécié par les familles d'aveugles. Deux jours passent et je suis prise, soudain, d'un besoin intempestif que je cache dans l'une des chambres qui m'est justement interdite. C'est le petit garçon qui avertit sa mère et lui montre sur sa main car il sait qu'elle ne voit pas et ne doit pas toucher. D'un air stupéfait il lui dit : « C'est gros, maman, c'est gros ! ». La maman me gronde un peu et nettoie. Elle doit comprendre que je ne suis pas encore bien adaptée. Elle est gentille la femme du patron. En tout cas, je n'ai jamais recommencé.

Petit à petit, je prends la mesure de toutes

choses et m'habitue au rythme de la communauté familiale. Un jour, je m'enhardis jusqu'à tester mes hôtes. Alors que mon maître a fait cuire un poulet dont il a distribué à chacun sa part, il me vient l'idée de me réserver un petit en-cas pour plus tard. Il faut faire vite, tant que la salle à manger est encore vide. Je pose donc mes deux grosses pattes sur la table et saisis une cuisse de poulet dans l'assiette où il y en a deux et qui se trouve être celle du patron. Je la dépose précautionneusement sans y toucher sur le canapé. « Qu'est-ce que c'est que ça ! J'avais mis deux morceaux dans mon assiette, et je n'en ai plus qu'un ! », s'exclame mon maître. On cherche partout la cuisse de poulet disparue, on s'informe, et évidemment, on pense à moi. Une fois de plus c'est le petit qui vend la mèche : « Le poulet est sur la banquette » ! piaille-t-il, visiblement tout content de s'être rendu utile. On peut imaginer comme j'ai été grondée mais j'ai vite compris la leçon. D'ailleurs, pendant un moment j'ai gardé la tête basse, l'air penaud.

Passé les premiers jours d'adaptation et les plaisanteries, je dois très vite me mettre au travail. Et ça, c'est vraiment ce que j'aime. À l'heure prévue, mon maître m'enfile mon harnais par la tête et le clipse sur le côté.

Première journée de travail

Le parcours a été reconnu avec l'éducateur il y a une semaine et je m'en souviens très bien. Je n'ai pas le trac. Je suis même toute contente de découvrir un nouvel itinéraire car je commençais à me lasser de la routine.

Je marche à gauche, un petit peu en avant de mon maître qui tient l'étrier et la laisse. Nous partons *droit devant* vers *le métro* pour prendre la ligne N°1, jusqu'à la Porte Maillot. Le trajet est très simple pour aller jusqu'au Groupe des industries et de la métallurgie, le GIM, où mon patron travaille comme standardiste, une profession qui est, à ce moment-là, très souvent exercée par des non-voyants. D'ailleurs, tous les standardistes de cette entreprise sont aveugles ou très malvoyants, un recrutement qui a été décidé par le directeur du syndicat patronal. C'est tellement rare qu'il est important de le mentionner.

Le soir, je prends l'habitude, avant de rentrer à la maison, de faire une halte pour mes besoins et une autre au bureau de tabac pour acheter les cigarillos que mon patron fume à longueur de journée. Dans les débuts, il distingue encore les immeubles,

les gens et parfois les poteaux que je lui évite. Du coup, il ne me donne pas beaucoup d'indications. D'ailleurs, le nombre de nos parcours est assez réduit : maison-boulot, maison-boucherie ou épicerie, maison-banque, maison-poste. Pour mes promenades d'agrément c'est sa femme - qui y voit encore moins - qui me sort. Elle est complètement non-voyante mais son amie, Monique, mère de deux jeunes enfants, l'accompagne souvent au bois. En comptant le petit de la patronne, ça me fait trois camarades de jeu qui me lancent des bâtons que je tâche de rapporter pour qu'on me les relance. Mais je fais quand même attention à tout ce qui se passe autour de moi. Comme ce jour où j'ai dévoré tout un bol de fraises qu'un tout petit venait de renverser dans l'herbe. Ah ! on en a fait de bonnes parties tous ensemble !

Je tiens à raconter une anecdote qui m'a remplie de joie. Un dimanche, alors que nous cheminons tranquillement dans une allée avec la femme de mon patron et son amie Monique - bras dessus, bras dessous - une passante, l'air mauvais, se plante carrément au milieu du chemin et lâche d'un ton venimeux : « C'est criminel de laisser un chien comme ça en liberté ». Après avoir réprimé la moutarde qui lui montait au nez, ma maîtresse réplique : « Ce sont les gens méchants qu'on devrait attacher ». L'autre fait un « pouah ! » de dégout mais ne sait que répondre. J'ai adoré ! Maîtresse a un excellent sens de la répartie, sans doute parce qu'elle est prof de français !

À part Monique, elle a une autre amie, Maryvonne, qui vient souvent le samedi après-midi. Là, je suis seule avec elles deux, sans enfants. Et c'est avec elle que je fais les courses les plus folles et que je prends des bains les plus mémorables dans tous les points d'eau que je croise. Elle me jette des bâtons et, toute fière, je les lui rapporte en plongeant. Parfois, je rentre à la maison pleine de boue et on me porte à quatre bras jusqu'à la baignoire d'où je sors toute seule en sautant et en m'ébrouant sur les meubles et les personnes présentes. Une fois propre, on me frictionne vigoureusement et on me prépare mon repas de croquettes. Comment ne pas être, dans ces moments-là, la plus heureuse des bêtes ?

Dès le lundi, je reprends le chemin du GIM où j'ai été tout de suite très bien acceptée. Je suis le seul chien guide d'aveugle, alors que les collègues du patron sont tous non-voyants. C'est vous dire qu'à cette époque-là les spécimens de notre espèce sont plutôt rares. Bon, ce n'est pas si facile aujourd'hui non plus d'obtenir un chien. Bref, les seuls qui se permettent de râler après moi sont les employés de l'entreprise de ménage. Ils se plaignent de trouver des poils de chien ! C'est quand même un comble ! Leur boulot n'est-il pas de faire le ménage ? La seule excuse que je leur trouve c'est qu'ils ne me connaissent pas.

Le standard devient pour moi un lieu familier. Durant une grande partie de la journée je dors, tout en surveillant de temps en temps la porte que l'on pousse pour venir nous voir. Non, je corrige : pour venir me voir ! Les filles du secrétariat me prodiguent des caresses dès qu'elles peuvent s'échapper, jusqu'au directeur qui se met à quatre pattes pour me parler et me câliner. À une certaine heure que j'ai mémorisée, Daniel, un collègue de mon maître, ouvre un tiroir où il garde à l'abri un sac de cacahuètes qui fait mon régal. Je m'élance alors de tout mon poids sur ses genoux pour le remercier. Pour mes besoins, ce n'est pas toujours mon patron qui me sort. Une autre standardiste malvoyante et une secrétaire se portent souvent volontaires. Et moi, je suis contente de faire le tour du pâté de maisons, même si, dans ce coin de Neuilly, il n'y a rien à voir de particulier. Mais au moins je me dégourdis les pattes.

Dans le sac à dos du patron

Un jour, alors que le patron s'est absenté – sans doute pour aller aux toilettes - et s'attarde pour une causerie dans un autre bureau, il me vient l'idée de faire l'inventaire de ce que contient son sac à dos. Comme ça, une fantaisie !

Et je fouille du museau et des pattes avant. Je fouille ! Quelque chose sent bon dans ce sac. Alors, voyons voir… Il y a une canne blanche, en cas de difficulté extrême de circulation ou s'il arrivait que mon harnais se casse, ce qui est peu probable. Une bouteille d'eau ainsi que ma gamelle pliante pour qu'on me donne à boire quand j'ai soif. Une brosse, pour nettoyer mes poils, sans faute tous les matins. Mon collier en cuir avec sa médaille gravée - sur une face le numéro de téléphone de l'école, sur l'autre, celui de notre domicile parisien. Hum ! J'extirpe aussi quelques gourmandises que je croque immédiatement. Il aura sûrement oublié qu'elles y étaient. Tiens, tiens ! Qu'est-ce que c'est que ça ? Un « collier d'éducation inventé par le docteur Roger Mugford pour éduquer en douceur les chiens qui tirent trop », dit l'étiquette collée sur la boîte. Je suis curieuse, aussi je le déplie. Il est composé d'une bretelle de tour de cou et d'une autre de tour de museau, avec un anneau. Le principe du licol semble simple : nous apprendre, en nous dirigeant par la tête, à ne plus tirer ni ramasser au sol tout et n'importe quoi. Dans un sens c'est plus humain que le collier-étrangleur que le patron utilise rarement et qui produit des tractions violentes sur mes cervicales. Aïe ! aïe ! aïe ! Le voilà qui revient.

— Qu'est-ce que c'est que ça ? s'écrie-t-il, mon sac est renversé et tout est dispersé !

— T'as qu'à t'occuper de ton chien, au lieu d'aller bavarder avec les juristes.

— Je peux bien me détendre un peu.

— Tu fricotes avec les intellos et le patronat, on te connaît. Tu vas voir, quand les communistes seront enfin au pouvoir en France, tu iras au goulag.

Pauvre patron ! Pauvre Édi Pop ! Au paradis des animaux, j'ai lu dans son livre de vie qu'il avait quitté son pays, la Hongrie, au moment de la révolution de 1956 et avait obtenu, en France, le statut de réfugié politique. Je n'ai pas bien compris ce que son collègue insinuait par *goulag* et *commu-*

niste mais j'ai su, à voir la tête de mon maître, que cette remarque était bien méchante. Je crois que ses collègues ne l'aimaient pas trop. Soit parce qu'il avait fait médecine et qu'intellectuellement il leur était bien supérieur, soit parce qu'il était hongrois et réfugié politique, soit parce qu'il était le seul aveugle à avoir obtenu un chien guide. Ses études de médecine, il avait été contraint de les interrompre, en raison de maux de tête violents et récalcitrants. Après des examens douloureux, on lui avait diagnostiqué une tumeur au cerveau, au niveau du croisement des nerfs optiques. On l'avait opéré mais il avait commencé à perdre progressivement la vue. Il aurait pu devenir chercheur, mon maître ! Il avait d'ailleurs travaillé pendant un an dans un laboratoire pharmaceutique, spécialisé dans la recherche sur les tumeurs cancéreuses, jusqu'à ce que son problème de vue le contraigne à démissionner. Je ne savais rien de toute son histoire avant d'obtenir ma place au Paradis, mais je peux aujourd'hui témoigner pour lui. Bon, revenons sur Terre.

À la maison, je dors ou je furète de droite et de gauche. En fait, je surveille tout ce que font le patron, sa femme et son fils. Rien n'échappe à ma vigilance, ni les gestes dont je retiens l'ordre habituel, ni les dialogues dont je ne comprends que quelques mots. Mais, petit à petit, j'en apprends de nouveaux. Je mémorise tout. Par exemple, quand j'entends la phrase « je vais descendre le klebs » et que le patron quitte son tabouret placé devant la télé, je bondis vers la porte d'entrée.

Généralement, je suis très sage et je n'aboie que si on me laisse seule à la maison. Je ne dérobe plus les pantoufles pour les déchirer, comme le font les chiots qui ne comprennent rien. Je ne détruis pas les objets, à l'exception de mes peluches. D'ailleurs, on ne m'en offre plus. Je joue à la corde que je tiens par l'une des extrémités pendant qu'on tire de l'autre. Comme ça, j'exerce ma force.

Il m'arrive parfois de faire pleurer le petit garçon mais c'est toujours involontaire et jamais vraiment de ma faute. Après tout, s'il avait un petit frère il aurait les mêmes déboires. Il faut dire aussi qu'il construit toujours au milieu du salon ! Parfois un temple, parfois une maison ou un bateau avec des morceaux de bois en forme de parallélépipède. Ce qu'il fait est très joli mais moi, au bout d'un moment d'immobilité, je m'approche en remuant la queue, et paf ! tout l'édifice s'écroule. La femme du patron le console car il se met à pleurer à chaudes larmes et en veut très fort à la « vilaine Bengy ». Ce qui est drôle c'est qu'il recommence toujours à construire au même endroit ! On dirait presque qu'il le fait exprès !

Journée de mondanités

Revenons un peu en arrière pour raconter comment les écoles de chiens guides subsistent financièrement et la mienne, en particulier. Il faut bien nous nourrir, payer nos soins vétérinaires, le personnel animalier, les éducateurs, entretenir les locaux … Elles ont toutes besoin d'argent. Ce que les gens ne savent pas toujours c'est qu'on ne peut pas nous acheter. On nous remet aux aveugles mais on reste, jusqu'à notre dernier souffle, la propriété de l'école.

Un jour donc, mon patron se fait tout beau : chemise blanche, costume, cravate, chaussures bien cirées, eau de toilette s'il vous plaît ! On vient le chercher à l'école située près de chez nous pour l'emmener déjeuner dans un grand restaurant avec les membres donateurs du Lions Club. Durant tout le repas je reste sagement couchée sous la table, jusqu'à la photo où on me demande de poser à côté de mon maître. Ce dernier leur raconte comment il a perdu la vue à la suite d'une seconde intervention chirurgicale. Il y a des médecins dans l'assistance, des avocats et des notaires. Je crois que le patron a bien aimé cette réception.

Les vacances

J'ai eu aussi de longues périodes de bon temps quand mes maîtres partaient en vacances aux États-Unis, en Arizona, chez les parents du patron. Je n'étais pas déçue de ne pas les accompagner parce qu'à l'époque on m'aurait fait voyager dans la soute. Maintenant c'est fini. Les chiens d'aveugles montent en cabine et parfois même en première classe, vous imaginez ! On n'a plus le droit de nous séparer de nos maîtres. Durant ces périodes, j'allais donc loger chez les voisins de palier, Claudie et Michou. Leurs enfants m'attiraient en cachette dans leur chambre et me faisaient des câlins dans leurs lits. Je recevais des bouchées de viande en plus de mes croquettes et, avec eux, je courais en liberté dans le jardin de l'immeuble. Au retour des patrons, je boudais un peu. Claudie disait en riant que j'avais sûrement perdu toute mon éducation, mais il n'en était rien. Dans mes foyers, je reprenais mes bonnes habitudes.

J'ai aussi passé quelques journées chez Monique, l'amie qui nous accompagnait au bois. Ses deux enfants étaient vraiment contents de m'accueillir et leur mère me gâtait tant que je la suivais partout.

Et quand mes patrons papotaient sur le palier, j'adorais qu'on me fasse courir depuis le bout de notre appartement, jusqu'à celui des voisins où je pénétrais en trombe. J'avais tellement de force à dépenser !

Ainsi, quand on m'emmenait à la campagne, dans le Morvan, je creusais de gros trous dans la pelouse et dans le talus. J'y mettais toute mon énergie et je flairais l'odeur de bêtes qui étaient passées par là. Le père de la patronne était très en colère après moi et mon patron, qui n'y était pour rien, devait réparer mes bêtises.

Tous les ans, nous passions quelques semaines dans cette petite maison. Elle avait une grande cour dont une partie était en cailloux et l'autre, surélevée, en pelouse. Là-bas je m'amusais à faire le chien de garde et je me mettais à aboyer dès que quelqu'un s'approchait du portail. Je m'époumonais lorsque la personne entrait. Quand Zoé, la chienne de mamie Janette et papy Raoul se trouvait avec mes maîtres, nous faisions à nous deux un raffut incroyable. Le pire était lorsque passait le véhicule des éboueurs.

Nous courions comme des folles tout le long de la clôture. On ne s'entendait plus. Tout cela n'est rien, n'est-ce pas ? C'est chose naturelle chez un chien. Eh bien ! maîtresse, que je surveille depuis le paradis des animaux, a demandé à avoir un chien qui n'aboie pas, comme Dune qui ne dit jamais rien. Est-ce naturel, un chien qui n'aboie pas ?

Mes grosses bêtises

La première année, toujours dans le Morvan, mes chers patrons en voient de toutes les couleurs avec moi. Enfin, façon de parler, vu qu'ils ne voient ni l'un, ni l'autre. Comme ils n'ont pas encore fait l'acquisition d'une poubelle fermée je crève le sac en plastique qui tient lieu de poubelle et je mange tout ce qui me fait envie : os de poulets, trognons de pommes… Je sème même des détritus dans toute la cuisine. C'est leur faute aussi, ils n'ont qu'à me permettre de dormir dans leur chambre !

Un autre jour, ils me laissent seule dans la cour et s'en vont prendre l'apéritif chez le pépé et la mémé, à une centaine de mètres de la maison, un peu plus bas dans la rue. Je n'aime pas du tout qu'on m'exclue de la sorte. Du coup, je suis leur trace et je me pointe derrière la porte vitrée des voisins, en aboyant. Ils sont alors bien obligés de m'ouvrir.

Une autre fois, même scénario. Ils ont pris soin de m'enfermer à l'intérieur mais comme la fenêtre de la chambre est restée ouverte, je grimpe sur le lit du petit garçon et m'élance lestement à l'extérieur. Et je réapparais derrière la porte vitrée de la mémé ! Non mais alors ! Pourquoi ne m'emmène-t-on pas partout ?

Maintenant que je vois les choses d'en haut je me dis qu'à cette époque-là on n'expliquait peut-être pas assez aux maîtres qu'il ne faut pas laisser un chien d'aveugle tout seul et qu'il est censé accompagner partout celui à qui on l'a confié. Aujourd'hui, je constate la différence ! Mes congénères sont de tous les voyages, de toutes les promenades, de toutes les sorties. Ils entrent même dans les cinémas, les théâtres, les très grands restaurants, ainsi que dans les halls des hôpitaux. Du temps de ma mission, on avait un peu trop tendance à nous considérer comme des bêtes. Je suis contente de voir que les choses changent dans le bon sens !

Mes autres grosses bêtises ont toutes un rapport avec la nourriture. Il est évident qu'en présence du patron, je ne dérobe plus rien depuis l'affaire des cuisses de poulet. J'ai bien trop peur de le décevoir. Mais il m'arrive parfois de laisser libre cours à ma gourmandise, comme ce dimanche où le repas est à peine terminé que maîtresse descend jouer avec le petit garçon. Il a pris son vélo et le patron leur emboîte le pas, équipé de son appareil photo. Ils me laissent seule, sans avoir pris soin de mettre à l'abri le rôti de porc qui est resté sur la planche à découper, dans la cuisine. J'essaie de résister mais la tentation est trop forte quand il s'agit de nourriture. Comme je suis assez grande, je me hausse sur mes pattes arrière et parviens à atteindre le plan de travail. Avec quelques efforts et plusieurs coups de museau, je pousse le plat jusqu'à ce qu'il tombe sur le carrelage. Et là, fourbue mais ravie, je mange gloutonnement le reste de la viande. Peu après mes maîtres remontent et constatent les dégâts : « Le plat est tout cassé, et elle a même trié l'ail » s'exclame l'enfant, toujours le premier à rapporter. Bon, il faut dire qu'il est le seul à voir dans la famille ! Il leur sert de signal d'alarme et c'est de lui dont je devrais me méfier le plus. Il ajoute, perplexe : « Elle a tout mangé ! ».

Même chose un autre dimanche avec un pot-au-feu dont je me suis bien régalée. Non mais ! Quelle négligence ! D'autant qu'il n'est pas hygiénique de laisser de la viande à l'air libre sans la ranger dans le réfrigérateur. Par la suite, on se méfiera toujours de moi et on me traitera même de voleuse.

Mais il y a plus rigolo encore ! Alors que je suis en pension chez notre voisine Claudie, qui garde des enfants à la journée, l'un d'eux réclame le pot mais se relève, les fesses à l'air, alors qu'elle est occupée dans l'autre pièce. Ce sont les rires qui l'alertent. Elle me découvre, soi-disant, en train de manger ce qu'a fait le petit qui s'exclame en battant des mains : « Bravo, bravo, le chien ! » Bon, je ne voudrais pas qu'on s'imagine des choses et que mes congénères ne soient plus tolérés dans les magasins d'alimentation. Cette anecdote est entrée dans ma légende mais je suis sûre qu'à force de la raconter on l'a grandement galvaudée.

Naissance d'une amitié

Côté sentimental, j'ai été opérée juste après mes premières chaleurs. On m'avait même confiée à une famille relais pour ma convalescence. C'était juste avant ma remise.

Mais si je n'ai pas connu d'histoire d'amour j'ai connu une belle amitié qui s'est prolongée d'année en année. Zoé, le cocker aux longs poils frisés de papy et mamie a été ma grande amie. Pourtant, les débuts n'ont pas été faciles.

La première fois que je la rencontre c'est à Angers, chez les parents de la femme du patron. Je n'ai jamais fait un aussi long voyage en train, calée sous la banquette du compartiment pour ne pas gêner. Où allons-nous ? On ne m'a rien dit. À notre arrivée, je fais la connaissance de papy Raoul, un brave homme un peu rougeaud et de mamie Jeannette que le petit garçon doit aimer très fort puisqu'il se jette dans ses bras. Tous sont heureux de se revoir, mais moi, je ne les ai pas encore apprivoisés. Leur auto est garée sur le parking et je saute dans le coffre où la vue est excellente depuis la lunette arrière. J'aime rouler en voiture, plus qu'en train où la place est exiguë.

J'ai à peine franchi la porte de leur appartement qu'un cocker aux longs poils frisés couleur feu vient à moi en montrant les dents et en grognant méchamment. C'est Zoé. Et cet air bougon et renfrogné lui colle au poil. Toujours sur la défensive. Il est clair qu'elle ne s'attendait pas à me voir et que ma grande taille lui fait peur. Comme pour moi, on ne l'a pas prévenue. Ah, ces humains ! Elle est d'une carrure assez large et courte sur pattes. Et ce mauvais caractère, j'y aurai droit durant tout le séjour. Ses maîtres doivent même l'enfermer dans leur chambre pour me laisser entrer. Beau début ! Moi, je reste stoïque et professionnelle. Je vais boire et manger dans la cuisine et j'essaie de faire comme si j'étais à l'aise. Après tout, mamie Jeannette et papy Raoul ne me sont pas du tout hostiles mais je suis bien rassurée d'avoir auprès de moi mon patron et sa femme. Quant à la pauvre Zoé, elle me sent à travers la cloison, entend le bruit que fait mon collier quand je me secoue. Elle semble toujours aux aguets, peut-être parce qu'elle a séjourné à la SPA avant que papy et mamie ne l'adoptent. Depuis, ils lui passent tout et s'occupent d'elle comme de leur bébé. Alors, évidemment, ma présence trouble son quotidien de chienne pourrie-gâtée. Mais moi je suis un chien guide, un chien que l'on respecte.

Après plusieurs heures, on finit par nous présenter l'une à l'autre. Une balade est prévue dans un jardin ouvrier que cultive papy, à quelques kilomètres de là, à Saint-Melaine-sur-Aubance. Alors que je saute dans le coffre de la voiture, Zoé prend place sur les genoux de mamie. Elle respire très fort pendant tout le trajet, comme si elle était souffrante. Plus tard, je connaîtrai la raison de ce stress.

Arrivés à destination je peux courir tout mon saoul. Et c'est vraiment là que nous faisons connaissance. Mais bien que le jeu nous réunisse, Zoé reste méfiante et se réfugie sans cesse dans les jupes de mamie Jeannette.

Au beau milieu des champs de plantes fourragères, papy a érigé une grande cabane en tôles recouverte de papier goudronné. Sur le côté, il a fait mettre un tas de sable pour ses petits-enfants. De l'autre, il y a un puits. Une allée fruitière borde le potager où poussent carottes, poireaux, courgettes choux et autres légumes. Papy est un excellent jardinier et aucun brin d'herbe ne pollue ses plates-bandes. Et si Zoé ou moi nous aventurons dans cette partie si bien ordonnée, nous nous faisons sévèrement gronder. L'été, il installe des tables sous la tonnelle pour le pique-nique, devant la cabane.

Le jour de mon arrivée, nous ne nous attardons pas car il ne fait pas très chaud et les humains ont vite froid. Chacun ramasse quelques légumes, des carottes, du chou mais aussi du houx. Je me demande bien ce qu'ils vont en faire car avec tous ces piquants, les feuilles n'ont pas l'air très comestibles.

Le lendemain est jour de fête. Une bonne

odeur de gigot émane de la cuisine et me fait saliver. Mamie et papy ont une autre fille, Annick, qui est là avec son mari Patrick et leurs trois enfants. Tout le monde s'assoit autour de la table et semble se régaler. Hélas, nous, les chiens, nous n'avons que les odeurs. Mais les convives ne s'en soucient pas. À la fin du repas un gâteau est servi, représentant un terrain de football, couvert de sucres d'orge rouges ou verts, figurant les joueurs, et des Paille d'or pour les buts. Mamie apporte ensuite une sorte de bonbonne, la pose sur la table et y met le feu. Il s'ensuit une détonation qui me fait très peur et nous aboyons, Zoé et moi, tandis qu'un chapeau coloré me tombe sur la tête. Tout le monde est à quatre pattes en train de récupérer des sifflets, des sarbacanes, des boules et des masques. Ils sont fous par moment ces humains ! On me lance des serpentins dans lesquels mes pattes s'empêtrent. Ça ne me fait pas rire du tout. Et ce vacarme que produisent les enfants avec leurs sifflets ! Zoé part se réfugier dans la chambre et elle a bien raison mais je n'ose la suivre. Je vois bien que pour mon maître et sa femme c'est un moment important et qu'ils seraient déçus si je boudais dans mon coin. Quand le calme revient et que les invités s'en vont on me donne l'os de gigot à ronger. Après tout, j'ai bien fait de rester !

Quelques jours plus tard, nous reprenons le train. Le petit garçon fait de grands signes à son papy et à sa mamie et se met à pleurer. Moi, je reste calme. Je me doute bien que nous allons rentrer à la maison et que la vie va reprendre son cours habituel. Je me doute aussi que nous les reverrons.

Quand leur voiture grise s'arrête près du portail blanc de notre maison de Lormes, l'été suivant, je les reconnais immédiatement. Les humains n'imaginent pas à quel point nous avons la mémoire des silhouettes et des visages. Pendant des mois et même des années. Et puis, chacun a aussi une odeur qui lui est particulière.

Pour cette deuxième rencontre Zoé me salue à peine, ne pensant qu'à se trouver un endroit à elle. Et elle choisit la meilleure place : le tapis de la chambre, situé devant la cheminée. Et quand j'ose m'approcher de la pièce, elle se met à grogner comme si elle était chez elle. C'est un comble tout de même, alors que c'est moi qui suis chez moi ! Décidément, elle me bat froid, cette chienne !

Après le dîner nous marchons jusqu'à la

table d'orientation qui se trouve à trois cents mètres de la maison. Généralement, quand le patron nous accompagne, il me mène au harnais. S'il préfère rester pour fumer son cigare dans le jardin, je marche en laisse à côté de la patronne et du petit garçon.

Nous prenons d'abord à gauche pour monter la rue de la Justice. Je connais le parcours sur le bout de mes pattes car je le fais presque tous les jours. La rue étroite est peu passante mais on nous attache quand même, Zoé et moi, au cas où une voiture arriverait trop vite. J'ai toujours hâte d'atteindre le sommet de la colline où je sais que je pourrai gambader à ma guise. Sur notre gauche, nous longeons quelques habitations, une sapinière, une ferme et une petite mare poissonneuse où j'aime me désaltérer. Sur notre droite, une haie de ronces nous sépare des vaches et des taureaux qui paissent dans un pré. À l'intersection, nous prenons un chemin qui monte, abrité du vent par les arbres. Un peu plus loin, au niveau d'un cèdre bleu, nous bifurquons à droite et filons tout droit, à travers les champs de céréales. C'est presque une aventure pour atteindre la table d'orientation — la « clémentation » comme dit le petit garçon, toujours occupé à attraper des sauterelles.

Une fois détachée, je bondis et je me roule dans l'herbe. Il y a plein d'odeurs : celle des cendres d'un feu de camp, des terriers des lapins, des taupinières. Je ne me lasse jamais de cette promenade digestive. Souvent, il arrive que Daniel, le collègue du patron qui possède, lui aussi, une propriété dans le village se joigne à nous. C'est d'ailleurs grâce à son aide que mes maîtres ont pu acquérir cette petite maison de campagne.

Le matin, alors que tout le monde se prélasse à l'intérieur, moi, je m'élance sur la pelouse, dès qu'on m'ouvre la porte. Zoé n'y vient guère car c'est ma chasse gardée. En hauteur, j'observe les voisins et aussi tout ce qui se passe dans notre cour. Je guette les lézards sur le talus ou bien je m'allonge au soleil. Papy Raoul me surveille de près, surtout quand je commence à vouloir gratter la terre pour y faire de grands trous. Il dit que je fais tomber les pierres du talus et que quelqu'un peut se tordre la cheville. Il n'est pas très accommodant, le papy, mais je lui tiens tête.

Certains jours, quand les humains partent faire les courses, ils nous laissent à la maison, Zoé et moi, mais chacune dans une pièce différente, pour éviter qu'on se chamaille. En tout cas, Zoé, qui a une vue sur le portail, depuis la chambre à coucher, me prévient toujours de leur retour en jappant. C'est sympa quand même, dès fois que je sois en train de faire quelque bêtise dans la cuisine !

Les après-midis, soit nous faisons une randonnée en forêt, soit nous partons visiter un autre village. Je me demande parfois ce qu'ils peuvent bien éprouver, vu qu'ils sont tous les deux privés de la vision. Mais plus je les observe, plus je les comprends. D'abord, ils sortent pour faire comme les autres, pour suivre le mouvement de la vie. Quand ils visitent ils sont sensibles à l'atmosphère. Les châteaux ou les églises, par exemple. Quand le village est à flanc de colline et qu'il leur faut monter des marches, ils se rendent mieux compte de la topographie. Quand les statues, les sculptures ou les maisons à colonnades sont à hauteur d'homme ils peuvent les toucher. La femme du patron parle toujours de « culture de deuxième main ». Ce qu'ils éprouvent à la découverte d'un lieu et gardent en mémoire est ce que les autres en disent. La « deuxième main » est cet intermédiaire qui leur fait « voir » ce qu'ils ne verront jamais. Maîtresse est persuadée que se déplacer quelque part permet de frapper davantage l'imagination. Elle aime faire des voyages, particulièrement avec Jacques et Madeleine, des amis de longue date, car Madeleine décrit tout ce qu'elle voit, aussi bien en voiture que sur place. Mais au fond, ce que la patronne préfère entendre ce sont les remarques du petit garçon, son regard naïf et jeune quand il s'émerveille devant les vitrines. Ses remarques lui permettent de s'étonner avec lui de sa perception des choses. Un peu comme s'il lui transmettait la vue l'espace de quelques secondes.

L'été, il nous arrive aussi d'aller à la pêche dans l'étang du Goulot. À un kilomètre de là, tout près des tentes et des caravanes du terrain de camping, sur un sol plus plat mais entouré de collines, l'étang abrite une petite plage et accueille de nombreux pêcheurs. Nous pouvons en faire le tour par un sentier. Je pourrais me baigner mais j'ai très peur de l'eau depuis que je me suis élancée dans un lac glacé où j'ai cru perdre la respiration. Oui, je sais, les labradors adorent se baigner mais il faut croire que je fais, maintenant, exception à la règle. Pourtant, il faut que je vous parle de ce jour où, au cours d'un bain forcé, l'attitude de Zoé a complètement changé à mon égard.

Nous cheminions au bord de l'étang avec nos

maîtres et voilà-t-il pas que Zoé s'approche trop près du bord et glisse. Je la vois qui s'empêtre dans les roseaux et enfonce ses pattes dans la vase. Elle gémit, elle crie et ne parvient pas à remonter sur la rive, trop haute pour sa petite taille. Elle panique. Sans même réfléchir je saute dans l'eau et je l'attrape par la peau du cou. Je mets alors toutes mes forces pour la hisser sur l'herbe. Et là j'entends une salve d'applaudissements qui salue mon petit exploit.

De retour à la maison, mamie la douche et la peigne. Ce n'était rien pour moi mais cet épisode améliore incontestablement nos relations. Je deviens son ami, son sauveur. Du coup, elle n'a plus peur de ma grande taille et me fait même des confidences. Elle évoque cet accident de voiture où ses premiers maîtres, grièvement blessés, ont été contraints de la faire placer à la SPA. Elle y est restée de longs mois avant d'être adoptée par papy et mamie. Pauvre Zoé. Je comprends mieux sa panique, maintenant, quand on monte en voiture. C'est une petite chienne traumatisée. Aussi, j'essaie, à ma façon, de prendre soin d'elle. Je l'invite à venir blottir son dos contre mon ventre. Je lui raconte mes journées, mon éducation, mon travail. Elle dit préférer de très loin sa vie de chien de compagnie car elle n'aimerait pas qu'on la commande. J'essaie de lui faire comprendre à quel point ma mission et mon savoir-faire me rendent fière et épanouie, à quel point je suis utile, même indispensable pour mon maître. Mais Zoé n'est pas convaincue. Même quand je me vante de connaître plus de cinquante mots du langage des humains !

Au revoir Zoé

D'année en année nous nous sommes retrouvées avec toujours autant de plaisir, trois à quatre fois par an.

Quand le patron reprenait son travail avant la fin des vacances d'été, papy Raoul nous accompagnait le dimanche soir à la gare de Corbigny où nous reprenions le train pour Paris. Je passais la semaine entière avec mon maître, soit au GIM, soit à la maison où je m'ennuyais ferme. L'appartement me semblait bien vide sans le petit garçon. Personne pour jouer avec moi et maîtresse me manquait. Mais nous revenions à Lormes le samedi suivant. Daniel, le collègue au sac de cacahuètes était souvent du voyage. Et puis, il y a eu ce week-end… Je sentais qu'il s'était passé quelque chose et je cherchais Zoé dans tous les coins. En larmes, mamie Jeannette m'avait murmuré à l'oreille que ma vieille amie Zoé était partie pour toujours. Quel chagrin ! Tout le monde restait silencieux. Dure épreuve !

Moi, je m'en suis allée à quatorze ans, comme je vous l'ai expliqué dans le début de mes confidences, un très bel âge pour un chien de race. La famille Pop m'a gardée sans jamais penser à me remplacer, alors que je ne travaillais plus du tout.

En arrivant au paradis des animaux, tout étourdie par ce climat nouveau que j'abordais dans la lumière de l'amour, c'est Zoé qui m'a accueillie. Je sais maintenant que l'amitié peut être éternelle. Nous nous sommes retrouvées comme au bon vieux temps. Elle était sereine et très fière de me faire découvrir les charmes du lieu. D'autres joies m'attendaient dont voici la plus belle.

Je m'étais installée dans ma dernière demeure depuis peu de temps lorsque j'avais eu l'idée de faire un tour du côté du paradis des humains. Il nous arrive d'y être invités et nous y accédons par une passerelle qui surplombe un large couloir qui nous est formellement interdit. Je n'en comprends pas bien la raison, vu qu'ici presque tous les lieux nous sont accessibles.

Je n'ai pas un tempérament de rebelle mais j'ai été poussée par une sorte de curiosité. Et si j'allais dans cette salle ? Je me suis approchée avec précaution et la porte a immédiatement cédé à la pression de ma patte. L'endroit était paisible et sentait bon les vieux livres et le miel. J'ai failli glisser sur le parquet ciré et me suis avancée tout doucement pour ne pas entamer le bois de mes griffes. Quelle surprise en reconnaissant mon maître, assis dans un fauteuil moelleux. Mon cœur s'est mis à battre à tout rompre. Il fumait des cigarillos à l'odeur d'ambroisie. Pleine de respect, je me suis précipitée à ses pieds puis je lui ai sauté sur les épaules. Quand il m'a vue, il s'est levé. Je lui ai léché les joues où ruisselaient des larmes de joie. Il était beau et jeune et moi, je frétillais de bonheur. C'étaient de si belles retrouvailles ! Il m'a désigné du doigt des lettres de feu sur la muraille du fond, avec la mention : Jean XIII/XXXIV, inscrite sous le texte d'un verset biblique : « Aimez-vous les uns les autres, comme je vous ai aimés ; aimez-vous les uns les autres ». Il m'a expliqué que trop de personnes prononçaient ces mots, sur Terre, sans bien les comprendre. Il en saisissait enfin la signification. Et moi, que faisais-je dans cet endroit qui m'était interdit ? Sans doute y avais-je été guidée par un ange pour constater que mon patron avait recouvré la vue.

POONA,
la princesse, la rebelle

Bonjour mesdames et messieurs, le théâtre va commencer. Je me pavane tous les soirs sur la grande pelouse du paradis des animaux et, pour attirer l'attention, je fais des tours, des petits, des grands, en émettant une sorte de grognement continu en guise de chant. Je suis splendide, avec ma queue en panache, ma robe blonde et mes yeux en amande, soulignés d'un trait noir à l'orientale. Tout le monde me remarque et m'applaudit. Il faut donc continuer la fête.

J'ai succédé à Bengy, quelques mois après son grand saut vers le Paradis. Après moi, il y a eu Dune. Vous la connaîtrez bientôt car c'est elle qui prend la parole dans la troisième partie de ce roman à six pattes. Mais ce que je peux vous dire, dès à présent, c'est que Michèle, l'amie de la patronne, m'a préférée à Dune. Elle nous a connues toutes les deux, puisque je suis partie en retraite à l'automne 2009 et que Dune est arrivée à la maison en juin 2010. « Elle a moins de personnalité », disait-elle souvent. J'aimais beaucoup Michèle. Devant elle, je minaudais, je tournais en chantant dans la salle de séjour, et quand je la rencontrais dans la rue, je lui faisais de loin une grande fête, même si ça ne faisait pas toujours rire la patronne. On peut bien désobéir de temps en temps, non ?

Je sais bien que les chiens guides n'ont pas le droit, *normalement*, de manifester leur joie quand ils rencontrent quelqu'un en plein travail. Mais moi, la norme, ça m'agace. J'ai toujours eu une âme de rebelle.

J'avais capté tous les repères qui précédaient l'arrivée de ma copine Michèle, le samedi matin et j'aboyais comme une folle sans qu'on puisse m'arrêter. Je voulais montrer que je savais qu'elle sonnerait bientôt à la porte. J'étais très maligne. Quand la patronne posait sur la table de la salle de séjour sa tablette braille et la chemise orange contenant les devoirs des élèves qu'elle lui demandait de lire, je commençais mon aubade. Mes aboiements duraient un bon quart d'heure. Par la suite, ma maîtresse n'a plus préparé ses affaires pour que je me taise. Mais certains signes ne trompent pas et je comprenais qu'on était samedi et qu'elle viendrait, alors j'aboyais quand même de plus belle, étonnant tout le monde. « Comment peut-elle savoir ? », se demandait-on. Le mari de la patronne n'aimait pas du tout mon attitude. Il disait que je lui cassais la tête et dérangeais les voisins, mais je ne me gênais pas pour aboyer et Michèle était ravie de mon accueil. Elle m'adorait car j'étais réfractaire à toutes les normes. Toutefois, quand la patronne et elles s'attablaient pour corriger les copies, je savais me tenir.

Bon, je m'aperçois que je vais un peu vite en besogne. Je vais d'abord raconter comment j'ai été sélectionnée, éduquée, encadrée, enrôlée pour la cause des aveugles et, en particulier, pour la famille Pop.

Je m'appelle Poona, nom d'une ville de l'Inde — prière de bien orthographier mon nom. Je suis de l'année des P, mais il n'empêche que c'est un beau nom qui a bien plu à ma patronne, entre autres. Je suis née au printemps 1999 dans un élevage, près de Paris. Toute petite, pleine de vigueur, je m'amusais beaucoup avec ma fratrie. Nous faisions l'admiration des animaliers et des éducateurs qui nous entouraient. Mon père, je ne l'ai pas connu, mais il paraît que ce n'était pas n'importe qui. On l'avait choisi pour que ses enfants soient beaux et efficaces pour guider des aveugles. Ma mère, une belle golden retriever, gardée au centre pour la reproduction, nous a allaités, mes frères et moi, jusqu'à huit à dix semaines. Puis, elle nous a rejetées comme le font toutes les chiennes quand poussent les dents des petits chiots. Le personnel de l'école a pris le relais en nous apportant des croquettes. On nous a soumis à des séances d'éveil (lumière, bruits variés, mouvements) en vue de notre futur métier, car il faut habituer les chiens à leur mission quand ils sont tout jeunes.

À la nursery, on venait parfois nous rendre visite. Des classes entières d'enfants ou des personnes isolées auxquelles on ouvrait notre box. Au début, nous tenions presque dans le creux de la main, tout doux, chauds et vifs, comme des peluches animées. Nous nous laissions caresser, embrasser, cajoler. Après, avec les copains et les copines, nous cherchions à savoir si l'un des membres de notre future famille d'accueil ne s'était pas glissé parmi nos visiteurs.

Nous en rêvions de cette famille, depuis que l'éducatrice, spécialisée dans le nursing, nous avait appris que nous partirions, dès trois mois, pour la grande aventure dans une maison d'humains. Une vraie maison pour commencer la première étape de notre éducation. Le but était d'apprendre les bonnes manières et d'être au centre des préoccupations, aimés et choyés, davantage encore qu'à l'école.

Nous étions des chiens très spéciaux : de futurs chiens guides pour aveugles. Nous allions travailler tous les jours pour aider une personne déficiente visuelle. Je ne savais pas bien ce que tout cela voulait dire car je ne pensais qu'à jouer et seul le moment présent m'intéressait. Nous étions à l'étroit dans cette école et des bruits couraient qu'ils créaient, en banlieue, un élevage devant permettre la remise de quarante chiens d'aveugle par an.

Je sais maintenant — car on sait tout au Paradis — que cet élevage existe et qu'il y a, dans la maternité, un parc, ou plutôt une grande salle destinée à stimuler les chiens. Ils y respirent des odeurs, y entendent des bruits de métro, de voitures, de klaxons ; ils y voient des couleurs diverses, passent à travers des tunnels, montent ou descendent de petites marches. Il y a aussi des jouets, des balles, des peluches et même de vrais chats. C'est tout un folklore, organisé pour éveiller les jeunes chiots. Les sous-fifres de Saint-Pierre, au Paradis, ont du mal à rivaliser avec un tel parc de loisirs.

Comme à mon époque, les chiots restent dans le pôle nursery jusqu'à l'âge de trois mois où des éducateurs les palpent et jouent avec à longueur de journée. Ils les emmènent aussi dehors en détente, en pleine nature. Les effluves de la terre et des feuilles les excitent. Il y a des morceaux de bois et des crottes d'animaux. C'est la découverte. Ils courent dans tous les sens, s'ébrouent, aboient, sautent les uns sur les autres. Tout le monde est aux petits soins. J'en garde un excellent souvenir. Un ostéopathe venait même nous tester afin de vérifier que nous n'avions aucun signe de dysplasie de la hanche. C'était du sérieux car un chien guide souffrant ne peut pas travailler, sachant qu'il doit s'asseoir sans cesse devant les lignes, les escaliers en descente et au bord du trottoir. On contrôlait notre état de santé de manière rigoureuse. C'était comme si nous avions la médecine du travail à demeure !

Ma famille d'accueil

J'ai plus de trois mois et voilà qu'un jour on m'emmène dans une caisse roulante avec un monsieur et une dame. Ce sont les Mounin qui habitent un pavillon dans la banlieue parisienne.

Ils n'ont pas d'autre chien mais un gros chat, tout noir, avec un plastron blanc au niveau de la gorge. J'ai envie de lui courir après mais il grimpe sur les meubles. Et là, je ne risque pas de le suivre, vu que je ne monte même pas les marches toute seule. Les ostéopathes disent qu'il faut nous porter dans l'escalier jusqu'à l'âge de six mois pour éviter d'abimer nos hanches.

Me voilà enfin seule parmi les humains, débarrassée de mes congénères braillards ! Je suis installée au centre de la famille Mounin, en vue d'un apprentissage de la vie dans le grand monde. Je découvre le pavillon, son jardin avec pelouse et la grande salle à manger. J'ai un panier dans lequel on me pose en me disant *ta place*. Tout est nouveau et ce n'est pas fait pour me déplaire. Comme je suis précoce et déjà propre, je n'ai pas beaucoup de mal à faire mes besoins dans les caniveaux, pas encore à la demande, mais presque. Si j'étais née vingt ans plus tard, on m'aurait attribué le diagnostic « haut potentiel ».

Je ne comprenais pas bien, à l'époque, la différence entre un chien ordinaire, dit de compagnie, et la mission très spéciale qui m'attendait. Mais je n'allais pas tarder à réaliser que je ne ferais pas toujours ce qu'il me plaît et qu'il y aurait quelques contraintes. Chaque fois que je sortais, monsieur Mounin m'affublait d'un body bleu portant la mention « élève chien guide en éducation ». Je devais marcher à sa gauche, au rythme de ses pas. Ce petit dossard me donnait le droit d'aller partout mais, en retour, je me devais d'être calme et paisible. On appelait cela la « socialisation ». Le terme n'a pas changé et c'est l'objectif principal de notre long séjour en famille d'accueil. C'est difficile, à trois ou quatre mois, de rester sans bouger et de supporter les vicissitudes de la vie en société quand on voudrait jouer avec des congénères.

Avais-je intérêt à devenir chien guide ? J'avais entendu dire, à l'école, que certains se faisaient réformer ; pourquoi pas moi ? Fini le service et vive la liberté !

Mais non ! J'étais bien trop curieuse de découvrir la vie sous tous ses aspects avec monsieur Mounin qui m'emmenait à son travail. Nous prenions le RER bondé et il me portait parfois dans ses bras quand je risquais d'étouffer. Sinon, je me couchais sous un siège. Au bureau, ses collègues me saluaient quand nous arrivions puis je m'allongeais pour un petit somme. Du coin de l'œil je surveillais tous ses gestes et surtout les allées et venues des uns et des autres. À midi, on faisait un tour dehors, aux caniveaux, puis on entrait au self dont j'appréciais les bonnes odeurs. Je remuais la queue quand je reconnaissais quelqu'un qui se mettait à me parler.

L'après-midi se passait comme la matinée. Quelquefois, avant de rentrer à la maison, nous faisions un détour par le parc où je retrouvais une entière liberté. Quand monsieur Mounin me rappelait, je revenais très vite *au pied,* sans même qu'il ait besoin de me donner une récompense. La grande nature me faisait encore un peu peur et je m'attachais de plus en plus à cet homme qui comblait mes besoins tout en m'apportant les joies du jeu et du travail. J'aimais lui faire plaisir. C'était mon maître. Je l'avais adopté. Dans ce parc, après un moment de libre détente, il me lançait la balle ou se cachait derrière des arbres pour que je le retrouve. J'apprenais ainsi à ne pas le perdre de vue, ne sachant pas que ce petit exercice me serait très utile pour plus tard.

Le samedi et le dimanche, je restais à la maison où je jouais avec le fils Mounin qui n'était plus un enfant. Je me promenais dans le jardin ou bien j'allais à la cuisine, humer les bonnes odeurs qui me mettaient en joie. Avec le chat, nous nous observions tout en gardant nos distances ; si je tentais une approche il me crachait dessus d'un air mauvais.

Nous allions aussi au cinéma où je m'endormais sous le siège. Peu m'importait le bruit. Nous étions presque dans le noir, comme au théâtre.

J'adorais les vacances au bord de la mer, les baignades et le sable dans lequel j'enfonçais mes pattes, les rochers sur lesquels je glissais à cause des algues. Je regardais dans l'eau les crevettes et j'essayais de les attraper.

Je prenais plaisir à poser pour les séances de photos : plus cela durait, plus j'étais contente. On attendait que je ne bouge pas trop et, évidemment, je ne le comprenais pas. J'appréciais ces changements de cadre de vie qui, associés à l'attachement que je ressentais pour cet homme, me permettait de progresser.

La socialisation, c'était aussi savoir s'écarter de la table où mangeaient les invités. Chez les Mounin, on me disait *ta place* si je n'étais pas assez réactive et je devais alors me coucher sur mon tapis. Ils étaient très stricts là-dessus et moi, j'étais parfois bien déçue car je sentais que des dames ou des messieurs mouraient d'envie de me faire plaisir. Une ou deux fois, d'ailleurs, quelqu'un s'était prêté à ce petit jeu et m'avait donné quelque chose dans le dos des Mounin. Mais, en général, on comprenait l'importance de ne pas me tenter, peut-être aussi que monsieur Mounin le leur avait expliqué. C'était seulement quand quelqu'un abusait que je me sentais frustrée. Sans cela, je restais indifférente à la nourriture des humains.

J'allais également au magasin d'alimentation, au théâtre, au concert. Au début, j'avais du mal à rester silencieuse puis, comme je voyais que les humains se tenaient bien sages, je faisais comme eux. Par contre, cette fâcheuse habitude qu'ils avaient de frapper dans leurs mains à la fin du spectacle m'excitait beaucoup. Souvent, j'essayais de sauter et d'aboyer. Mais là non plus, je n'en avais pas le droit. Pourquoi eux, et pas moi ? Heureusement qu'il y avait le jeu et les détentes car cette vie était assez dure pour le jeune chiot que j'étais. Somme toute, j'aurais bien voulu rester chez les Mounin et ne jamais en partir, mais quelque chose, au fond de moi, me disait que cette complicité n'était que provisoire.

Lors des réunions à l'école, on demandait à nos maîtres d'accueil de nous familiariser avec tous les mots employés pour le travail. Je ne parle pas de ceux qui s'appliquent à l'obéissance qu'il nous faut bien connaître aussi : *au pied, couché, tu restes, ta place,* etc.

Non, il s'agissait déjà de commencer à reconnaître notre *droite* et notre *gauche*, et surtout *les lignes*. Pour ce dernier ordre, j'ai vu monsieur Mounin s'accroupir au bord du trottoir et me désigner de la main les traits blancs sur le passage pour piétons. Alors, je devais m'asseoir. Ce travail-là relevait de l'étape « éducation », mais il paraît que ça marche mieux si on commence tout petit, entre six et neuf mois. Il nous fallait au minimum bien connaître les mots.

Comme je parle maintenant couramment depuis que je suis au Paradis, je peux vous assurer que je ne comprenais pas les conversations des humains mais seulement les mots bien frappés dont j'avais l'habitude. Je ne savais donc pas pour qui j'allais travailler mais j'aimais ce que me faisait faire monsieur Mounin. Il était pour moi un maître adorable ; du moins, il l'était devenu à mesure que j'avais évolué avec lui, de mois en mois. Hélas ! les bonnes choses ont une fin.

La rentrée des classes

Un dimanche soir, les Mounin me raccompagnent à l'école. Je la reconnais immédiatement car j'y suis venue assez souvent pour assister à des réunions ou faire un bilan. Quand je comprends qu'ils repartent sans moi, je suis mortifiée. J'avais bien senti qu'une catastrophe se préparait en voyant les yeux pleins de larmes de madame Mounin, au moment où nous quittions le pavillon. Ce n'était pas habituel, ni de bon augure. Pourquoi les humains, qui sont plus libres que nous, ne font-ils pas ce qui leur plaît ? C'est à n'y rien comprendre !

Enfermée dans un box, avec deux autres congénères, je crois mourir de chagrin en écoutant Pampa et Persane raconter qu'elles ont, elles aussi, été « abandonnées » là par leur famille d'accueil qui les aimait tant. Quelle injustice ! Toutes deux essaient de me consoler en me révélant que cette nouvelle vie a aussi ses charmes. « Ici, on a plein de copains et de copines, des chiens comme nous, voués à une mission exceptionnelle. Tous les vendredis après-midi on se détend au bois avec l'éducatrice et le week-end avec l'animalier. On se retrouve à sept ou huit. Et puis, on peut se sentir d'un box à l'autre et on se comprend. Il y a aussi les occupations journalières. Tu verras, au début on pratique des exercices d'obéissance qui sont un peu rébarbatifs, mais par la suite, on nous fait confiance pour des tas de trucs et on est fières d'accomplir ce qu'on nous demande ».

Moi, je suis déboussolée et plongée dans ma tristesse. Je ne veux rien entendre. Qui a décidé cela ? Pourquoi ? Si j'étais un animal ordinaire, je n'aurais pas tant de peine. « Crois-tu, me dit Persane, une belle golden retriever, il arrive aussi des déboires aux animaux de compagnie ; leur vie n'est pas forcément un long fleuve tranquille ». Alors, patiente, Pampa me montre les avantages de la situation : « Tu vas avoir une mission, celle de conduire un aveugle par les rues et par les sentiers. Tu pourras être fière et ta vie ne sera pas monotone ».

Moi, je ne sais pas bien ce que tout cela veut dire. J'ai trop de peine d'avoir quitté mes très chers Mounin. Dans le soir, on entend quelques aboiements : l'un réclame la gamelle, l'autre manifeste de l'ennui. Je suis inerte, les pattes coupées. Sous le choc. À travers le grillage, à droite, je vois Pompon et Oscar qui s'approchent pour me flairer. Mais je n'ai pas envie de copiner, je me sens perdue.

La nuit venue, un homme, un animalier, nous fait rentrer dans notre dortoir chauffé où je m'endors rapidement, pour oublier.

Je suis encore dans les brumes du sommeil quand Pampa et Persane s'agitent près de moi et se mettent à japper.

Des éclats de voix humaines nous parviennent de loin. Le ton est très joyeux. Voilà que la porte de notre box s'ouvre et qu'Alain, l'animalier, entre accompagné d'une jeune femme pétillante de joie.

Ce matin-là, il pleut mais ce n'est pas grave car nous avons un toit sur la tête.

— Tout le monde au brossage ! Allez, Poona, à ton tour ! Saute sur le caillebotis. *Ta place !*

On nous conduit dans l'enclos réservé à nos besoins avant de nous apporter notre repas. De l'eau fraîche aussi, bien sûr.

— Karen est en train de peser tes croquettes dans la cuisine, me dit Persane. Elle consulte un tableau pour savoir lesquelles elle doit te donner, pas forcément les mêmes que pour moi. Mais ne t'inquiète pas, tout est noté.

Je suis d'assez belle humeur, finalement contente de loger avec deux copines et j'ai hâte de découvrir ce que sera ma première journée d'éducation.

— Tu vas voir, déclare Pampa, tu entres maintenant dans la cour des grands. Tu as plus d'un an et notre éducatrice est vraiment gentille. Nous allons sortir travailler chacune à notre tour avant un repos bien mérité. C'est chouette, non ?

Voilà que Karen m'enfile un harnais de

cuir dans lequel je me sens un peu à l'étroit. Sur le coup, je ne fais même pas attention au collier qui est une chaînette qui me serre la gorge quand elle tire. Mais je suis mieux lotie que la pauvre Bengy qui m'a précédée chez les Pop, et qui a dû supporter un collier-étrangleur à picots. Heureusement que l'éducation canine a cessé d'être répressive. Aujourd'hui, la chaînette que j'ai connue a été remplacée par un simple collier en cuir ou en tissu. Ce nouveau courant s'appelle «l'éducation positive.» On évite de punir, de gronder, de faire peur au chien en utilisant l'autorité et on essaie de le persuader qu'il est capable. Il arrive bien sûr qu'on le réprimande d'un ton sévère avec des *non*, des *c'est pas bien*, des *pas toucher* mais il reçoit beaucoup de compliments, de félicitations, d'encouragements sur un ton qui donne vraiment envie de faire mieux et de collaborer. Si les éducateurs passaient leur temps à nous crier dessus ils n'obtiendraient pas beaucoup de résultats car il ne s'agit pas seulement d'obéir mais de réfléchir, ce qui est impossible dans un état de stress. Ils en ont mis du temps à comprendre ! Je suis donc bien aise que la mentalité ait changé depuis Bengy, parce que je n'ai pas une nature à accepter les brimades et les brusqueries.

Ma première séance se déroule donc sans beaucoup de surprise, le thème étant l'obéissance. Je ne veux pas me coucher devant Karen, même si elle répète : *Poona, couchée*. Après tout, je ne l'ai pas encore adoptée. Je suis comme le Renard du *Petit Prince*, je ne donne pas ma fidélité comme ça, au premier venu. Quoi ! Nous ne sommes pas des marionnettes ! Elle sort alors un petit objet de sa poche et me le passe sous le nez. Un roll on. L'odeur me plaît instantanément et je me couche bien volontiers. Elle m'autorise même à le lécher. C'est comme un tube de déodorant qui dégage une bonne odeur de poulet, bien meilleure que celles des croquettes du déjeuner.

Un éducateur nous rejoint ensuite avec Olympe, un autre chien. Il tient dans ses mains une balle de tennis et j'en frétille de joie. Mais quand la balle est lancée, je n'ai pas forcément le droit d'aller la chercher. Une fois c'est moi, et une autre fois c'est Olympe. Pour que je comprenne Karen me crie : *tu restes*. Finalement, c'est amusant parce qu'il faut bien écouter et quand c'est mon tour d'aller chercher la balle, je fonce pour l'attraper plus vite.

Au bout d'une bonne heure, je retourne me reposer dans mon box et cède la place à Persane qui part travailler les obstacles en hauteur.

— Ils ont des cahiers et des tableaux où ils marquent tout le programme de la semaine et veillent à ce que les exercices varient, me dit ma camarade.

À l'heure du déjeuner, on nous remet toutes les trois dans la partie chauffée de notre box où nous nous racontons nos séances respectives.

L'après-midi, je marche en ville aux côtés de Karen. Elle croise d'autres éducateurs, Sébastien et Jean-Luc qui font mine de nous bousculer. Je dois m'écarter pour les laisser passer en calculant bien ma largeur à laquelle s'ajoute celle de Karen à ma droite. Puis, nous suivons et doublons des passants. Quand je m'apprête à les dépasser, Karen me dit : *Attention, personnes !* J'aime bien être la première et je double tout le monde. Mais si, par inattention, le bras de mon éducatrice frôle l'épaule de Sébastien ou de Jean-Luc, je suis réprimandée et je dois recommencer l'exercice.

À dix-sept heures, Karen nous apporte notre repas mais je ne peux manger que lorsqu'elle prononce le mot magique : *Prends.* Ça, je l'ai déjà appris chez les Mounin.

Plus tard, Alain, l'animalier, nous emmène faire nos besoins à l'extérieur puis nous réinstalle pour la nuit dans la partie chauffée du box.

Je ne suis pas trop mécontente de mon initiation. C'est mieux que de dormir au bureau toute la journée ; pas de RER épuisant et plein de nouvelles têtes. J'aime la découverte !

Le lendemain matin, c'est Pampa qui sort la première, tandis que je bavarde avec Persane et Pompon du box adjacent. Ce dernier est retourné trois week-ends consécutifs dans sa famille d'accueil. Et il me le dit seulement maintenant ! Peut-être que ce sera pareil pour moi ! Je profite de ces confidences pour me plaindre du collier-chaînette qui serre la gorge quand l'éducatrice tire fort dessus. Ce n'est pas normal de nous faire mal. Je propose qu'il soit remplacé par un simple collier. Quant au harnais, il est dur et donne une impression d'enfermement. Pendant les exercices, je l'oublie plus ou moins, mais quand il faut passer la tête dedans, je ressens comme une phobie.

— Bah ! les éducateurs, les directeurs d'écoles et les gens de la grande famille des chiens guides réfléchissent à tout cela et n'ont pas besoin de tes suggestions, se moque Persane.

Mais Pompon me met en garde :

— Ne te révolte pas comme ça, dit-il. Les éducateurs savent comment faire pour nous y habituer et pour ce qui est du collier-chaînette, tous les chiens de compagnie que j'ai croisés dans la rue portaient le même.

Peut-être ! En tout cas j'étais en avance sur mon temps car on ne l'emploie plus aujourd'hui. Quant au harnais, lorsque Karen a remarqué que je courais au fond du box en le voyant, elle m'a amadouée avec des récompenses. Elle m'en offrait tout en émettant un bruit avec un cliqueur, cet instrument qui permet de créer des réflexes et de les associer au plaisir de déguster une croquette. Après un petit entraînement, il lui a suffi de cliquer sans avoir à me donner quoi que ce soit. Mon réflexe de salivation était instantanément lié à la sensation de plaisir gustatif. Petit à petit j'ai appris à m'approcher moi-même du harnais et à y glisser ma tête. Ils sont malins, ces humains, si puissants qu'on les aime et qu'on s'attache à eux pour toujours.

Au terme de quelques semaines, j'ai croisé monsieur Mounin dans la cour de l'école. Il était avec un tout jeune chiot. Je lui ai fait une grande fête. Lui aussi était content de me revoir et je n'étais pas triste qu'il ne m'emmène pas avec lui car j'allais passer le week-end dans la maison de Karen. Nous menions une vie très animée et si on ajoute les bons moments de conversation dans les « dortoirs », on ne s'ennuyait pas.

Au fil des jours, j'ai expérimenté les obstacles en hauteur, les déambulations en ville durant lesquels je m'asseyais à chaque carrefour, devant les lignes. J'ai travaillé à leur recherche, tantôt à droite, tantôt à gauche. Il fallait les repérer de loin et éviter tout le mobilier urbain pour Karen et pour moi. J'ai emprunté *le bu*s où je devais trouver *ma place* puis un jour, *le métro*, et même *l'escalator*.

Je me suis rendu compte que très souvent, je connaissais par cœur le chemin pour rentrer à l'école, prenant conscience que je pouvais enregistrer facilement des itinéraires, pour peu que je les aie parcourus deux ou trois fois. Il paraît même que j'étais particulièrement douée.

J'en faisais des kilomètres ! Et par tous les temps ! Celui qui me convenait le mieux, c'était le froid, un bon froid sec avec du soleil, bien protégée par mon gros manteau de poils. Je n'aimais pas la pluie. Une fois, bien après ma période scolaire, j'ai refusé d'être trempée et, sans ordre de la patronne, je suis entrée en trombe dans une pharmacie pour me mettre à l'abri. Maîtresse n'était pas contente du tout mais j'ai pu, au moins, lui faire comprendre ce que je voulais ou plutôt ce que je ne voulais pas.

La canicule accablante m'était encore plus désagréable que la pluie. Je me traînais et j'avais mal car mes coussinets me brûlaient. Je ne sais pas si les humains se rendent bien compte à quel point la chaleur, réverbérée par le bitume, peut nous incommoder, nous, les chiens. En outre, notre truffe se trouve presque à hauteur des pots d'échappement des voitures. Qu'est-ce qu'on respire !

Bientôt diplômée

C'est le grand jour, et peut-être une grosse trouille pour notre éducatrice. Bon, Karen n'en est pas non plus à ses premières armes. Elle a été formée pendant quatre ans. Embauchée par l'école elle a suivi une formation en alternance : deux ans comme monitrice pour s'occuper de nous, les chiens, puis deux ans pour connaître les déficients visuels et participer à des remises.

Un bandeau sur ses yeux, elle me prend au harnais. Nous avons deux épreuves à accomplir. La première consiste à franchir divers obstacles à travers l'école, selon un parcours qu'elle ignore et qui a été mis au point par les examinateurs. Il comporte des marches d'escalier, un trou, une boîte aux lettres, du vide, deux obstacles, un en hauteur et un au sol, des contournements, un espace exigu où il me faut marcher pas à pas. Je ne reconnais pas le parcours habituel ni l'ordre des embûches. C'est un concentré de tout ce que j'ai appris en six mois d'éducation. Je m'apprête à être déclarée « apte à guider dans toutes les circonstances de la vie d'une personne aveugle », même pour monter ou descendre un petit chemin de montagne. J'ai d'ailleurs réalisé cette délicate opération bien plus tard, avec ma patronne. C'était risqué et difficile mais ça m'a beaucoup plu.

La deuxième épreuve est sans doute plus facile pour mon éducatrice, car elle a lieu en extérieur sur un itinéraire connu. Cependant, il n'est pas impossible de rencontrer sur notre route des obstacles en hauteur ou des simulations de zones de travaux. Nous terminons par le métro dans lequel il faut monter puis descendre à une station indiquée par le jury. Je ne fais pas ma rebelle, car je sais que l'heure est grave pour nous deux.

Nous rentrons à l'école en laisse. Karen a l'air contente de moi mais je la sens quand même un peu inquiète, peut-être à cause de ma personnalité que personne n'ignore. Durant les cours collectifs, j'étais particulièrement dissipée. J'aboyais quand je voulais passer devant les autres. J'ai failli être virée plusieurs fois pour indiscipline, mais côté travail, j'avais d'excellents résultats. Je savais réfléchir rapidement pour décider de passer à droite ou descendre du trottoir pour éviter un véhicule mal garé ou une zone de travaux. Je réagissais au quart de tour et s'il y avait un changement d'éducateur, pour des raisons de gestion du personnel, je m'adaptais avec beaucoup de facilité. Du reste, pour corriger mon excessif bavardage on me faisait venir en salle de réunion avec plein d'humains, occupés à discuter autour d'une table, et on me lançait des *tais-toi, Poona*. Je me taisais rapidement, trop curieuse et fière de faire partie de ceux que l'on remarquait.

Le jury délibère et le verdict tombe : je suis reçue ! Reçue ! Chien guide pour aveugles ! Tout le monde semble heureux. Karen en particulier. On me caresse, on parle de moi. J'aime tellement qu'on parle de moi. En plus, on m'a préparé une surprise : je ne vais pas guider un seul aveugle mais deux. Un couple. Il a été décidé que j'en avais le potentiel et surtout la souplesse comportementale. Tantôt j'accompagnerai l'homme, tantôt la femme. La nouvelle est flatteuse, mais cette situation va-t-elle me convenir ? Après tout, c'est une lourde charge de travail.

Encore quelques formalités et je vais être bonne pour le service. Les formalités en question consistent à m'opérer pour que je n'aie pas de petits. Ma sœur, Padie a été choisie, au contraire, pour devenir reproductrice. Je ne me rends pas bien compte des enjeux et, d'ailleurs, on ne me demande pas mon avis. Toujours est-il que les militants pour les droits des animaux ne s'offusquent pas encore de nous voir castrés. Mais qui sait ! Viendra peut-être le jour où ils imposeront aux aveugles d'accueillir non seulement les petits de leur chienne mais de lui octroyer, de surcroît, un congé maternité !

Peu après mon opération, monsieur et madame Pop, mes futurs maîtres non-voyants, se rendent à l'école pour un essai de marche. Il est très important que la vitesse de l'équipe maître-chien soit au diapason. Bon, là-dessus, pas de problème ! Madame Pop vient me chercher ensuite pour passer le week-end dans son appartement. Monsieur Pop s'y trouve aussi, mais c'est elle qui s'occupe de moi. Ils me testent au cours d'un second week-end où ils demandent au voisin de sonner plusieurs fois à leur porte pour voir si je me mets à aboyer. Et, évidemment, j'aboie. Nous on aime ça mais les humains n'apprécient pas vraiment.

Ma remise

L'école abrite un petit bâtiment réservé aux réunions et aux remises. Les futurs patrons et patronnes y sont pensionnaires pendant une semaine. Ils dorment à l'étage et le chien dort dans leur chambre.

Au rez-de-chaussée, une grande cuisine-salle à manger et deux autres pièces permettent d'organiser des réunions pour faire le point sur différents sujets. Je me souviens de la visite d'une élève vétérinaire de l'école de Maisons-Alfort. Elle avait longuement expliqué aux futurs maîtres comment ils devraient prendre soin de nous, listant les médicaments à avoir sous la main pour les petits bobos. Elle avait aussi évoqué la façon dont nous allions évoluer en prenant de l'âge.

Un matin, on a montré à nos maîtres comment nous nettoyer les oreilles, opération à renouveler une fois par semaine. Un autre jour, il fallait nous administrer dans le dos avec une pipette un liquide contre les puces et les tics. Puis ils ont dû apprendre à nous faire avaler un comprimé, en ouvrant grand nos mâchoires pour y glisser le cachet dans le fond de notre gorge. C'était un vrai coup à prendre.

Nous étions quatre équipes maîtres et chiens. Ce n'était plus à nous de retenir et de recommencer les exercices mais au tour de nos maîtres. À l'issue de ce stage d'une semaine ils devaient être capables de nous soigner, de connaître le vocabulaire qu'on nous avait appris, de s'habituer à nous. Nous trouvions qu'ils manquaient de fermeté, qu'ils n'étaient pas sûrs d'eux, voulant parfois marcher devant nous. N'importe quoi ! Toute une semaine à pratiquer des exercices avec l'éducatrice et ma future patronne. Le soir, elle n'en pouvait plus. Elle était crevée ! Mais pour nous c'était pareil ! Ce n'est pas facile de changer de maître et d'accomplir sa mission avec une personne complètement inexpérimentée. Et ce qui m'énervait le plus, c'était que ma patronne insistait sur mon nom, Poona, chaque fois qu'elle voulait me donner un ordre, sachant qu'elle m'obligerait ainsi à lui obéir.

Je réussissais bien les parcours d'obstacles que j'appréciais particulièrement. Pour les trajets dans les rues, j'attendais les consignes : *les lignes*, *à droite*, *à gauche*, *va devant*, *stop*. Quand nous étions plusieurs chiens, je voulais toujours marcher devant les autres et conduire ma petite troupe. Mais, j'insiste sur le fait que ce n'était pas à moi de décider à quel moment nous pouvions traverser une rue mais à ma patronne. C'était elle qui devait écouter la circulation automobile et analyser son carrefour.

Un soir, nous sommes allés au restaurant : quatre chiens guides, quatre maîtres et une éducatrice. Nous nous sommes très bien comportés, couchés sous la table. Pas un de nous n'a réclamé de nourriture. Un autre soir, alors qu'il faisait nuit, on nous a transportés en camion jusqu'au bois pour tester notre peur des fantômes. Un éducateur, tout vêtu de blanc, faisait de grands gestes qui se voulaient effrayants. Toujours pionnière je suis partie devant et j'ai averti les autres d'un aboiement : « Les amis, pas de panique ! »

Le lendemain, au métro, on nous a fait nous approcher au bord du quai, jusqu'à ce que nos maîtres, tenant le harnais, sentent le vide au bout des pied. Évidemment, j'ai stoppé net et on avait beau me dire *va !* je n'y suis pas allée. Face au vide, il est impératif de savoir s'arrêter et de désobéir quand c'est nécessaire. J'ai entendu dire que Nanouk avait laissé son patron tomber dans un bassin rempli d'eau. Elle n'a pas été réformée, mais elle a rempilé pour une journée d'éducation. Franchement, quel manque de professionnalisme !

Nous avons aussi traversé une passerelle métallique à claire-voie. Je voyais le vide en dessous mais j'ai bien réussi, sans me coincer les griffes. Nous avons aussi fait la sortie d'une école où les enfants, très nombreux, ne faisaient pas attention ou voulaient tous nous caresser. Ma plus grande épreuve a été la fin du marché. J'y ai reniflé toutes sortes d'odeurs alléchantes mais je devais aller *droit devant* sans prendre quoi que ce soit au passage et sans même humer comme je l'aurais voulu. Il fallait aussi lever la tête pour faire attention aux obstacles en hauteur : le plus difficile pour nous tous car nous ne sommes pas grands, comparativement aux humains.

Pour certains entraînements, l'éducateur plaçait des poteaux et même des barrières sur la piste qui jouxtait l'école. Il me fallait alors faire un grand effort de réflexion pour trouver le passage et guider soit à droite soit à gauche. Quand la voie était complètement obstruée, je devais prendre la décision de me coucher devant la barrière, indiquant qu'il n'y avait pas de solution et laissant à ma maîtresse l'initiative de sortir sa canne blanche ou de demander de l'aide. Il faut bien avouer que le soir nous ressentions toutes les deux une grande fatigue. Ce qui m'a le plus coûté a été l'exercice de refus d'appâts. Les autres participants me tendaient de bonnes choses à manger tandis que maîtresse me disait : *pas toucher*, et que je devais lui obéir. Pour marquer ma désapprobation face à cette pratique cruelle, j'ai tourné le dos à tout le monde en regardant seulement le mur, assise bien droite. Qu'importe ! j'ai pris ma revanche quand je me suis retrouvée seule à guider maîtresse, attrapant sur les trottoirs les morceaux de nourriture et tout ce qui traînait, surtout les mouchoirs en papier que j'adorais déchiqueter. Mais attention ! je n'ai pas fait comme Bertille qui a tellement abusé de ce petit manège qu'elle a été réformée quelques mois à peine après sa remise. Quel gâchis ! Alors que l'on coûte si cher ! Détruire toute une carrière pour un péché de gourmandise !

Travail d'équipe

Comment résumer sept années de collaboration et de complicité ? Je dirais d'abord que les six premiers mois ont été difficiles pour moi et sans doute aussi pour ma patronne. Brusque changement de programme, pour commencer. Le patron a fait défection : au terme de quelques jours d'essai, il a « démissionné ». Il n'y arrivait pas. Il avait alors complètement perdu la vue et ne parvenait pas à s'orienter et à faire confiance. La patronne, elle, a eu constamment en tête le plan de la rue, du quartier où nous nous trouvions, et ça c'est fondamental. Alors, je n'ai travaillé que pour elle. Tous les jours de la semaine, à l'exception du mardi, nous marchions vers *le métro*, empruntions la ligne N°1 jusqu'à Champs-Élysées-Clémenceau et montions dans la rame de la ligne N°13. Nous descendions à Duroc pour filer dans la rue du même nom à l'Association Valentin Haüy. Ma patronne y était professeur de français pour les prépas kiné et pour ceux et celles qui se destinaient à une carrière dans le secrétariat et la bureautique. Certains professeurs gardaient leur chien guide à leurs pieds sous le bureau. Mais ma patronne aimait bien se déplacer dans le U que formaient les tables. Du coup, je pouvais me mettre là où je voulais et aller voir les uns ou les autres. Je me réjouissais d'une telle disposition qui m'évitait de dormir pendant les cours. Je recevais des caresses et, quand j'en avais assez, je m'écartais dans un coin de la salle. Ma patronne lisait les textes après les avoir distribués, soit en braille soit en noir à tous ses stagiaires. La plupart d'entre eux voyaient encore suffisamment pour déchiffrer en caractères agrandis. Dans la salle du fond, la salle des professeurs, il y avait un ordinateur, une imprimante à laser et une imprimante braille qui faisait un bruit terrible en perçant le papier. Ma patronne y préparait tous ses imprimés à l'heure du déjeuner. Et si, par hasard, elle se rendait à la cantine, elle me laissait dormir dans la classe.

Depuis que je suis au Paradis, j'ai lu son livre de vie et je sais qu'elle est allée à l'école à Angers, dans un établissement spécialisé pour les aveugles où elle a appris le braille à l'âge de six ans. Elle aimait bien les heures de cours mais souffrait d'être interne. Elle ne rentrait chez ses parents que le samedi soir pour repartir en pension dès le lundi matin. Heureusement, elle s'était fait des amies avec qui elle est encore en relation aujourd'hui. Elle est restée dix ans dans cet établissement, jusqu'au brevet des collèges. Ensuite, elle a fréquenté le lycée de filles Joachim du Bellay, toujours à Angers, où elle était externe jusqu'à son bac, puis le lycée David d'Angers pour son année d'hypokhâgne. À l'âge de dix-neuf ans, elle a commencé, grâce à l'aide de son père, à circuler avec une canne blanche. Il avait lu un article dans un journal destiné aux parents de déficients visuels et, ensemble, ils s'étaient mis au travail. La canne, c'est bien plus difficile qu'avec un chien guide : il faut se concentrer davantage et bien se protéger en balançant cette longue tige blanche devant soi. Ma patronne explique à tout le monde que l'on sort avec un chien pour le plaisir alors qu'on prend la canne parce qu'on y est obligé. Avec nous, c'est comme l'autoroute : il n'y a plus d'obstacles.

Ses études, elle les a faites en prenant des notes sur sa tablette braille ; et quand elle passait un examen, on l'autorisait à avoir sa machine à écrire puisque l'ordinateur n'était pas encore vulgarisé. Son seul avantage, par rapport aux autres, était de bénéficier d'un tiers de temps supplémentaire lors des épreuves écrites. Après avoir obtenu sa licence de lettres modernes, en 1973, et ayant échoué au CAPES, elle était montée à Paris pour accroître ses chances d'obtenir un travail dans l'enseignement. Là, elle s'était inscrite à l'Association Valentin Haüy (l'AVH) qui dispensait des préparations au métier de sténodactylo au cas où elle ne trouverait rien. Elle y avait aussi rencontré Édi Pop. Le jour de l'oral de rattrapage du CAPES, Édi et elle faisaient la sieste dans la petite chambre de bonne qu'ils partageaient sous les toits lorsqu'un froissement de papier les avait réveillés. La concierge venait de glisser sous leur porte un télégramme. Impossible pour Édi de le déchiffrer. Que faire ? « Je vais descendre chez l'épicier », avait-il dit. Ils étaient inquiets car les télégrammes annonçaient souvent de mauvaises nouvelles. Il s'agissait, en fait, d'une proposition d'emploi pour ma patronne, émanant du Groupement des Intellectuels Aveugles ou Amblyopes, le GIAA. Et c'est ainsi qu'elle a fait ses débuts à l'école Guinot qui se trouvait alors à cent mètres de leur chambrette. À cette époque-là, son enseignement était essentiellement oral car elle n'avait pas de matériel à sa disposition. La bibliothèque de l'Association Valentin Haüy lui avait prêté un exemplaire du fameux manuel de littérature *Lagarde et Michard*, copié sur tablette braille par une personne bénévole. Elle utilisait aussi un livre en noir comme disent les aveugles, c'est-à-dire imprimé, *Civilisation contemporaine* dont elle se faisait dicter des textes par Michèle, une intervenante de l'Association auxiliaire des aveugles qui venait une fois par semaine à la maison. C'est grâce à cet organisme particulièrement efficace qu'elles sont devenues amies.

Depuis longtemps déjà, ma patronne avait

décidé qu'elle compenserait son handicap en ayant un enfant. Après tout, n'était-elle pas comme les autres femmes de sa génération, apte à devenir maman ? Cette idée la motivait plus que tout mais, dans un premier temps, elle a voulu sécuriser sa carrière. C'est donc six ans après ses débuts dans l'enseignement qu'elle a accouché d'un petit garçon très désiré et doté d'une vue parfaite. Dans la foulée, en 1982, elle a changé d'établissement pour occuper un emploi d'enseignante de français à durée indéterminée à l'AVH où je l'ai accompagnée et où, à ma façon, j'ai surveillé tout ce qui se passait en classe.

En prépa kiné elle avait une vingtaine de stagiaires de 18 à 40 ans. Ceux qui avaient déjà le baccalauréat n'assistaient pas à toutes les heures de cours. Elle aimait travailler avec les autres, au nombre de sept ou huit, auxquels elle faisait faire des résumés de textes ou donnait des sujets de dissertation générale. Elle ne disposait pas d'une assistante comme c'était le cas pour les professeurs non-voyants de l'Éducation nationale. Elle était donc seul maître à bord. Profitant de sa cécité, certains faisaient tout autre chose que du français. Elle s'en doutait bien mais comment intervenir quand on n'a pas la preuve ? Et puis quoi !

ils étaient tous adultes et elle ne pouvait les réprimander comme des enfants. Moi, en tout cas, ils ne me grugeaient pas. Je ne ratais jamais rien de ce qu'il se passait, même quand je faisais semblant de dormir. Toujours est-il que maîtresse n'a jamais transigé avec la discipline. Elle ne voulait aucun bavardage ni bruit en classe et, sur ce point, elle a toujours réussi. Les meilleures années, il arrivait que des stagiaires participent beaucoup et que leur maturité littéraire l'enthousiasme. D'autres, parmi les plus âgés étaient heureux de pouvoir suivre les études auxquelles ils n'avaient pas eu droit durant leur jeunesse. Ils passaient d'ailleurs un examen de niveau assez sélectif et préparaient le diplôme d'accès aux études universitaires. La plupart appréciait la lecture qui était l'occasion d'un partage que ma patronne animait de manière remarquable. Elle donnait souvent à ses élèves des exposés à présenter devant la classe. Là aussi, beaucoup livraient le meilleur d'eux-mêmes. Je les regardais passer et je ne m'ennuyais jamais. Maîtresse aussi était contente. Il faut dire qu'elle aimait son travail !

En 1994, elle a demandé une formation en bureautique pour pouvoir utiliser un ordinateur avec synthèse vocale et plage braille tactile. Elle voulait devenir plus autonome : saisir et imprimer des textes pour tous ses stagiaires. La documentaliste l'aidait au début pour la saisie et la sélection des extraits qu'elle avait choisis. Puis, avec l'arrivée d'Internet, ma patronne a très vite appris à naviguer sur les sites de recherche afin d'obtenir les documents désirés, notamment les sujets d'annales du bac. Son matériel avait été financé par l'AGEFIPH, une association d'aide aux personnes handicapées et par l'AVH. Elle avait aussi puisé dans ses deniers pour s'équiper d'un ordinateur personnel qui trônait dans son salon.

À la maison, elle passait beaucoup de temps à préparer ses cours car elle voulait toujours bien faire et se renouveler. Elle s'occupait aussi de l'intendance, même si Édi l'aidait beaucoup pour les courses et la cuisine. Il préparait de délicieux plats hongrois. Et puis, il y avait le petit garçon que j'ai vu grandir. Quant à moi, j'avais droit, deux ou trois fois par semaine, à une sortie au bois où j'étais mise en liberté. Mais je ne m'éloignais jamais trop pour toujours garder un œil sur les pas de ma patronne. Je courais et je me défendais quand des mâles non castrés tentaient d'abuser de moi. Je les recadrais par des gesticulations et des aboiements. Au fil de nos promenades ma maîtresse rencontrait souvent les mêmes personnes et s'arrêtait pour causer. Je la savais alors en sécurité et j'en profitais pour me baigner dans toutes les mares ou les points d'eau que je rencontrais. Je rentrais pleine de terre et après m'avoir séchée, il fallait encore me brosser et passer l'aspirateur. Que de travail !

Pendant sept ans j'ai fait du bon boulot avec ma patronne. Je l'ai un peu embêtée quelquefois car il m'arrivait de bouder, tête basse et marche très lente lorsque nous prenions une rue qui ne me plaisait pas. Il m'arrivait aussi d'avoir envie de ramasser et de mâchouiller des papiers gras ou sucrés, des Kleenex qui se trouvaient sur mon chemin. C'était ma manière de « chasser » et ça l'agaçait prodigieusement. Mais elle aussi m'a fait subir des moments difficiles. Par exemple, quand il fallait s'engouffrer coûte que coûte dans la foule. Heureusement que j'avais trouvé une astuce pour écarter les gens de mon passage : je leur donnais un petit coup avec ma truffe, juste à la pliure du genou et j'étais gagnante à chaque fois.

Mais ce que je détestais par-dessus tout, c'était de devoir affronter les transports en commun les jours de grève. Il fallait parfois changer d'itinéraire et monter dans des rames bondées. On me piétinait et, comme j'étais petite, j'avais du mal à prendre ma respiration. J'étais bloquée entre les manteaux et les sacs de tous ces gens qui, comme nous, partaient travailler. J'avais soif, j'avais chaud, j'étais à la limite du malaise. Je me disais dans ces moments que les chiens guides devraient avoir droit à la retraite après sept années de bons et loyaux services. Il y avait bien, au cours de notre huitième année, une visite de gériatrie avec un bilan complet de santé, prise de sang, analyse d'urine et examen des hanches et des membres mais, dans presque tous les cas, on nous déclarait aptes à poursuivre notre mission. De plus, un suivi de la qualité de notre façon de travailler était organisé une fois par an. La retraite sonnait et sonne encore (car rien n'a changé) quand nous atteignons onze ans, soit neuf longues années d'activité. Vraiment, c'est trop et si on est trop vieux il est plus difficile de trouver une famille ! Quand je vois les humains qui se plaignent sans cesse pour pouvoir partir plus tôt à la retraite … et nous, alors ? Sans parler des événements traumatisants qui peuvent parfois déclencher des phobies. Je revois ce jour où tout a basculé pour moi comme si c'était hier. La rame du métro freine brusquement et un jeune homme, projeté en avant, manque presque de m'écraser. Pour couronner le tout, la lumière s'éteint et le crissement du véhicule heurte douloureusement mes oreilles, très sensibles aux ultrasons. L'incident ne dure pas mais me cause un stress important, à tel point que je deviens de plus en plus irritable dans les transports en commun. Dans les semaines qui suivent je mords un passager puis une dame. Quel branle-bas de combat pour une petite morsure ! En plus, elle n'avait même pas de trace ! Appelés à la rescousse les pompiers se montrent très gentils avec moi. Ils me caressent et me parlent avec douceur. Ils me comprennent, eux ! Ma patronne est en pleurs et téléphone à mon école. Le directeur est catégorique : il faut mettre un point final à mon travail car cet incident donne une mauvaise image du chien guide. Elle n'essaie même pas de me défendre et je vois bien qu'elle m'en veut. Elle prétend que je suis imprévisible mais ce n'est pas tout à fait exact. Ce sont les attitudes de certains qui provoquent cet énervement.

C'était vrai. Tout le monde se permettait de me caresser, ceux qui me plaisaient comme ceux qui ne me plaisaient pas. De quel droit ! Il y en avait même qui me tendaient des bouts de gâteau derrière le dos de la patronne, sans comprendre qu'ils ruinaient par ce comportement irresponsable la carrière d'un chien guide J'étais fatiguée de prendre le métro et de devoir supporter tous ces abus, toutes ces tentations…

Terrifiée à l'idée que je fasse un nouvel esclandre, la patronne espérait que Sébastien, que j'avais bien connu à l'école, me trouverait une gentille famille pour ma retraite. J'allais être retraitée à neuf ans ! Finalement je m'étais bien débrouillée, moi qui voulais avancer l'âge légal pour tous mes congénères. Mais pourquoi n'avaient-ils pas vu plus tôt que je n'avais pas la personnalité requise pour être chien guide ? Le premier critère est d'être docile et je ne l'ai jamais été. Ensuite, il ne faut pas oublier sa mission et supporter le rythme métro-boulot-dodo, alors que moi j'ai toujours aimé la nouveauté. Je suis une rebelle et les tâches répétitives ne me conviennent pas. Déjà, à l'école, je m'interrogeais sur mes capacités à assumer une charge si lourde pendant tant d'années. J'avais même commis volontairement des écarts pour me faire renvoyer. Et si l'on m'avait demandé mon avis j'aurais choisi une maîtresse et non un maître. Quel soulagement quand j'avais appris qu'Édi Pop ne me prendrait pas au harnais ! J'avais réussi à le décourager, à le faire tourner en bourrique. Il sentait le cigare et l'odeur agaçait mes narines. Heureusement qu'il avait une femme non-voyante et qu'on m'avait remise au couple. Mais elle, j'aurais aimé qu'elle corresponde plus à mes critères olfactifs. Or, elle se parfumait et adorait les parfums qui m'incommodaient.

Nous nous sommes quittées, elle et moi, sans grande tristesse. Depuis que j'avais mordu la dame dans le bus elle me traitait avec froideur. Elle n'avait plus confiance et, de mon côté, j'en avais marre de toutes ces contraintes.

La vieille dame qui avait accepté de m'adopter était adorable et avait l'habitude de prendre des chiens d'aveugle à la retraite. Avec elle je vivais pour le plaisir et passais mon temps à me vautrer dans son salon, dans le jardin et sur la petite véranda. Nos promenades en forêt étaient tranquilles, sans la hantise de devoir remettre le harnais.

Jamais je n'ai passé de moments aussi fabuleux que pendant mes quatre années de retraite. Ce que j'aimais particulièrement c'était les apéritifs dinatoires chez Sophie, sa grande amie. Elles buvaient, elles riaient et me faisaient même goûter le kir, enfin, juste une goutte sur le doigt, pour le fun. Sans complexes, je me disais que j'avais bien mérité ce farniente après mes sept longues années de bons et loyaux services. En même temps je ne pouvais m'empêcher de penser à cet autre chien guide que je rencontrais souvent au bois, avec ma patronne. Il avait passé dix ans et n'en pouvait plus mais sa maîtresse ne voulait pas le donner. Elle pensait que la séparation le tuerait, alors qu'il m'avait confié, à maintes reprises, vouloir partir en retraite. C'est incroyable de voir à quel point les humains se trompent parfois sur nous. Ils estiment qu'ils savent mieux que nous ce qui nous fait du bien. C'est comme avec leurs enfants : « Fais pas ci, fais pas ça, dis bonjour à la dame ». La différence c'est que leurs enfants grandissent et quittent la maison alors que nous....

Cette retraite a été mon premier paradis et ce que j'adorais c'est qu'on prenait souvent la voiture. Ludmila me mettait même la ceinture de sécurité parce que j'insistais pour m'asseoir à l'avant et sur la banquette, s'il-vous-plaît. À l'arrière, je ne voyais pas le paysage. Et, même si j'avais perdu le droit d'aller dans les magasins et dans tous les lieux publics, je les avais tellement fréquentés qu'au fond, je ne ressentais aucune frustration. Le body vert que je portais, indiquant « chien guide à la retraite » était plus une marque honorifique qu'un passe-droit. Un peu comme la Légion d'honneur que certains humains portent à la boutonnière. Ludmila n'oubliait jamais de me l'enfiler. Elle adorait marcher à mes côtés et voir les gens se retourner sur notre passage. Il y avait tant d'admiration dans leur regard !

Un dimanche, j'ai revu ma patronne à mon école mais j'étais un peu distraite car il y avait beaucoup de monde à observer. Nous étions quatre chiens à recevoir, ce jour-là, la médaille du travail. C'était une belle cérémonie, organisée à l'occasion de la journée portes ouvertes, qui a lieu dans toutes les écoles de chiens guides le dernier dimanche de septembre. Nous sommes montés sur le podium et on nous a photographiés. Ludmila s'est aussi approchée pour faire de nombreux clichés. J'étais belle et bien brossée. L'après-midi, des démonstrations alternaient avec d'autres activités : guidage et parcours d'obstacles des chiens-élèves de la dernière promotion. Une visite de nos box était aussi proposée aux familles à qui les animaliers présentaient les chiots de l'année.

Cette rencontre m'a fait réfléchir à la noble mission qu'on m'avait confiée. J'étais fière d'avoir fait partie de cette petite minorité de chiens d'élite qui suscite l'estime de tous les humains. Ma retraite me permettait également de revoir le cours de ma vie et de gagner chaque jour en sagesse et en pondération. Je me souvenais de tout ce qui m'avait plu au cours de ma carrière. J'aimais particulièrement faire plaisir à ma patronne quand elle me stimulait pour que j'aille de l'avant. D'ailleurs, la revue mensuelle qu'elle reçoit s'appelle *En avant*. J'avais souvent eu l'impression de jouer avec elle ; jouer à bien faire pour être encouragée et félicitée. Et je ne restais jamais seule. Je faisais partie de sa vie. Je l'accompagnais dans tous ses déplacements, j'assistais à tous ses cours et ses élèves demandaient la permission de me sortir quand c'était le moment de la pause. Enfin, même si j'ai développé à la longue une phobie des transports publics, à cause de quelques mauvaises expériences, on ne m'enlèvera pas de la tête que je suis un chien particulièrement bien élevé. C'est pour cela que des personnes âgées comme Ludmila se portent volontaires pour nous accueillir pour la retraite. Dans un taxi, par exemple, nous ne grimpons pas sur la banquette arrière au risque de tout salir mais nous nous glissons entre le siège avant et le siège arrière aux pieds de nos maîtres. Au restaurant, nous nous couchons sous la table ou à côté de la chaise, sans bouger. Dune, celle qui m'a succédé auprès de maîtresse ajoute à toutes ces qualités, celle de ne jamais aboyer, quelles que soient les circonstances. Les lois sont de notre côté et nous sommes autorisés à pénétrer dans tous les lieux publics. Pourtant, beaucoup d'aveugles, accompagnés de chiens guides doivent souvent batailler pour s'imposer. Il arrive que des chauffeurs de taxis refusent de les prendre ou que des conducteurs de bus exigent qu'ils descendent, coupant même le contact de leur véhicule. Ils incitent ainsi les voyageurs à faire pression pour expulser l'aveugle et son chien. S'ensuivent souvent des flots d'injures entre les *pour* et les *contre* qui veulent que le bus poursuive sa route. Les associations sont évidemment très actives. Certaines tentent des conciliations avec les plus récalcitrants. Pourquoi les aveugles doivent-ils insister pour faire valoir leurs droits, la vie n'est-elle pas assez difficile quand on n'a pas la vue ?

Je réfléchissais à tout cela lorsque Ludmila est tombée brusquement sur le sol de sa salle de séjour en se cognant la tête contre la table basse. Elle ne bougeait plus. Que faire ? J'aboyais, j'aboyais encore mais personne ne venait à son secours. Elle est finalement parvenue à se traîner jusqu'au téléphone. Les pompiers ont débarqué à la maison, accompagnés de Sophie qui m'a emmenée avec elle. Ludmila avait fait un AVC et ne devait plus remarcher. Heureusement que sa grande amie avait immédiatement accepté de m'adopter en signant un contrat avec l'école, par lequel elle s'engageait à me garder jusqu'à ma mort. Puis, à mon tour j'avais connu des déboires : une tumeur à ma patte avant droite qu'on avait opérée mais qui ne guérissait pas. Je supportais la maladie et la vieillesse avec courage mais j'en venais à espérer que le vétérinaire m'endorme pour toujours.

Là-haut

Après tant de souffrances, je ne m'attendais pas à me retrouver au Paradis, accueillie par Pampa, Persane, Olympe, Pompon… Tous joyeux et bienveillants. Avec eux, je fais la connaissance des animaux du zoo d'en face, quand j'habitais chez ma patronne. Les loups et les lions sont doux comme des agneaux et tout ce petit monde vit en bonne intelligence. Je comprends que l'existence sur Terre n'est qu'un passage, une épreuve pour mériter enfin ce vrai bonheur.

Toute ma vie défile dans ma tête et je repense à ceux que j'ai aimés. Je me souviens de Michèle partie trop tôt. J'aimerais tellement la revoir ! Et mon vœu est exaucé car un sous-fifre de Saint-

Pierre m'informe qu'elle a demandé à me rencontrer. Je suis tout excitée et je veux aboyer pour exprimer ma joie mais, au Paradis, le son s'arrête aussitôt. Tout est différent. On comprend le langage des humains et eux lisent dans nos pensées. Nous sommes plusieurs à avoir été appelés chez les humains pour rendre visite à une ancienne connaissance. Il y a d'autres chiens mais aussi des chats, des perroquets, un alligator... On nous fait avancer dans un grand jardin ensoleillé. Je m'approche de Michèle qui est en train de prendre un verre, allongée sur un transat. Je la reconnais immédiatement. Elle vient de reposer son livre, un roman policier. Elle est belle, elle est jeune, elle est mince, alors que je l'ai connue un peu forte. Nos retrouvailles sont fabuleuses. Elle se lève et je lui saute dans les bras. On passe la journée ensemble à jouer et à se promener dans cette nature qui me rappelle beaucoup le bois où nous avions coutume d'aller. Nous échangeons aussi sur des sujets sérieux. Elle me raconte ce malaise qui l'a emportée vers la mort. Moi, je lui parle de mon cancer, de ma peur de mourir alors que tout est si beau ici. Elle caresse mon pelage et je m'avance pour recevoir sa main bienfaisante. Le soir nous nous quittons en nous promettant de nous revoir bientôt et nous nous revoyons à quelques temps de là, lors d'une fête organisée chez les humains. Michèle me présente les personnes qu'elle vient de rencontrer et qui partagent sa table. Je m'installe à côté d'elle. Du nectar et de l'ambroisie de la meilleure qualité nous sont servis dans des coupes d'or. Les plats, incrustés de pierres de couleurs et remplis de mets délicats scintillent au soleil. La nappe est d'une blancheur éclatante, le ciel d'un bleu profond.

— J'ai une petite surprise pour toi, me dit Michèle. Regarde qui s'approche sur ta droite.

C'est Édi, le mari de la patronne qui me fait de loin de grands signes. Il est accompagné d'un labrador noir que je ne connais pas.

— Bonjour Poona, tu es des nôtres, j'en suis bien content, me dit-il.

Je lui demande où est sa femme, ma patronne.

— Sapristi, répond Michèle, tu n'as pas lu la totalité de son livre de vie ! Il lui reste plusieurs tâches à accomplir avant de faire le grand saut jusqu'à nous. D'abord, elle enseigne le braille bénévolement à des personnes qui perdent la vue et les soutient psychologiquement dans leur malheur. Ensuite, elle aide son fils et sa belle-fille à faire grandir Laszlo, son petit-fils à qui elle a beaucoup de choses à transmettre, notamment ses souvenirs d'enfance. Enfin, elle doit raconter comment s'est déroulé ton passage sur la Terre ainsi que celui de Bengy que voilà. Présentez-vous l'une à l'autre et courez un peu ensemble pour faire connaissance.

Je ne m'ennuie jamais ici. Il y a tant de beautés naturelles à observer, tant de belles âmes à découvrir ! Tout est si parfait. Je me baigne dans des ruisseaux d'eau tiède d'une transparence infinie. C'est aussi beau que dans le paradis évoqué par Dante, que ma patronne lisait souvent dans son gros livre en braille. Il n'y a que de belles âmes car hommes et bêtes ont été purifiés.

Mais retournons vers l'observatoire qui surplombe Paris et d'où je peux surveiller ce que fait la patronne. Elle écrit. Son roman s'intitule *Confidences de trois chiens guides*. Pendant ce temps, à l'école où j'ai fait mes premiers pas, un nouveau chien entre en éducation pour succéder à Dune qui va partir en retraite. La patronne ne sait rien de ce jeune chiot. Il s'appelle Nitro et lui sera remis l'automne prochain.

DUNE,
son journal

Carte d'identification de chien guide.
Nom : Dune
Race : Golden retriever
Couleur : sable
Numéro d'identification : 25 02 69 60 22 18 723
École d'origine : Paris
Carte numéro : 05 09 79
Éditée le : 07 09 2009
Par la FFAC
Valable, accompagnée de la carte d'invalidité.
Maître de chien guide
Nom : Pop
Prénom : Clémence

Accès libre, gratuit et sans muselière des chiens guides, dans les transports, dans les lieux publics, ainsi que ceux permettant une activité professionnelle, formatrice ou éducative. Loi de 2005, Articles 53 et 54.

Accès libre aux hôpitaux, hors chambres et lieux de soins. Refus d'accès punis d'une amende de 3e classe (décret du 29 décembre 2005).

J'ai du mal à déchiffrer ma carte d'identité, car ma patronne la garde dans sa poche, rangée avec la sienne depuis dix ans. C'est à peine lisible à certains endroits mais je suis née à Paris, le 5 janvier 2008, mon carnet de santé en témoigne.

Janvier 2009

Alors qu'on se demandait, dans les dortoirs de l'école, quel patron ils allaient nous attribuer — vu que les copains et moi avions obtenu notre diplôme de chien guide — voilà que débarque, en salle de brossage, ma future patronne. C'est une dame un peu quelconque, entre deux âges et de taille moyenne qui a dû être blonde autrefois. J'aime bien son parfum. Je le trouve subtil. Je ne bronche pas mais tout de suite je me dis : « Ce sera celle-là, il me la faut ! » Je ne sais pas pourquoi, mais elle me plaît bien. On dirait une institutrice avec ses cheveux tirés en arrière, son petit chignon qui lui donne un air un peu sévère, son allure modeste et son air discret. Elle me ressemble, au fond : même attitude effacée, mais aussi, même caractère indépendant, j'en suis sûre !

On la laisse seule avec moi, une brosse à la main. Elle est là, assez maladroite. Elle se demande si je vais lui convenir. Elle attend un signe. Alors, comme elle est penchée au-dessus de moi, je lui donne un petit coup de langue derrière l'oreille. Puis je reprends aussitôt mon air stoïque : il ne faut pas précipiter les choses, quand même.

Bon ! À mon tour de me présenter. Je suis Dune, douce et toujours silencieuse. On est taiseux dans ma famille. Je m'avance à pas feutrés. Je suis calme et ne tire pas souvent sur ma laisse. Pas timide mais discrète. Quand j'étais petite, d'après Laetitia, l'éducatrice, j'étais une vraie pile électrique mais l'école m'a rendue plus posée. J'ai un défaut que patronne devra découvrir par elle-même : quand je suis mise en liberté, c'est-à-dire en détente, j'adore m'égarer dans les fourrés en quête d'odeurs animalières. Parfois je m'éloigne trop. En fait, je n'ai pas un excellent rappel, mais chut !

Ah ! justement, la directrice du pôle éducation semble vouloir nous emmener faire un tour. Elle m'enfile mon harnais et hop ! nous voilà parties à travers les rues que je connais si bien. Affaire conclue, semble-t-il ! Celle que j'appellerai « patronne » a le droit de me prendre deux week-ends de suite chez elle mais elle n'est pas encore autorisée à me passer le harnais...

Nous en profitons pour faire connaissance. Moi, pour prendre mes aises dans l'appartement qui me rappelle celui de ma famille d'accueil, elle, pour me tester. Elle ne veut pas m'entendre aboyer si quelqu'un sonne à la porte ou appelle à l'interphone. Et ça marche !

Mai 2009

Remise conduite de main de maître par Sébastien et Isabelle. Ma sœur Dwina fait partie de mon groupe ainsi qu'un autre chien dont j'ai oublié le nom. Je ne cherche pas à être en tête dans nos pérégrinations, je n'ai pas la mentalité d'un chef de meute.

Station assise devant les bandes podotactiles, comme nous l'avons appris à l'école. Expérience de déambulation dans une rue étroite et dépourvue de trottoirs, pour que les participants à deux pieds s'entraînent à nous faire serrer à droite. Dépassement d'un véhicule à l'arrêt qui gêne la circulation ou déviation dans une zone de travaux. Apprentissage de la traversée d'une ligne de tramway à l'aide d'une télécommande de feux sonores. Quand ceux-ci émettent un bruit aigu et bizarre, on peut y aller ; quand le système dit « Stop, piétons ! tramway » il faut impérativement attendre. Une fois les rails passés, il nous reste encore à traverser la chaussée où un son de cloche avertit que le feu est vert, alors qu'un message sonore, avec le nom du boulevard, annonce qu'il est rouge.

On a dû aussi passer par deux parcours d'obstacles : un dans l'école et un autre improvisé, à l'extérieur. Ah ! les maudits obstacles en hauteur ! Difficile pour nous qui avons la tête en bas et la truffe plutôt près du sol. Bonne ambiance, dans l'ensemble !

Début juin 2009

J'ai pris mon service depuis plus d'un mois chez ma maîtresse aveugle et je n'en suis pas mécontente. Ce que j'ai trouvé dur, au début, c'est qu'on exige de moi, sur l'ordre *à la maison*, de repérer seule la bonne entrée de notre immeuble. La patronne n'a plus sa canne en main, pour compter sur sa gauche les trois espaces dans la haie, au bord de l'allée qui longe les bâtiments. Karen, mon éducatrice, m'a beaucoup fait travailler ce repérage de l'entrée du 6, avenue Alexandre Dumas. Par la suite, une seule fois je me suis trompée, par étourderie, mais j'ai fait attention de ne plus recommencer.

Mi-juin 2009

Je suis triste. Ma très chère patronne est à l'hôpital. Elle a été opérée de l'appendicite et comme son mari n'est pas en mesure de me sortir, c'est son fils qui gère mes besoins. Mais il se réveille tard, ce dimanche matin, et moi, j'ai une envie pressante. J'étouffe aussi de devoir rester à la maison au lieu d'aller courir au bois.

Fin juin 2009

Ce midi, deux amies de patronne sont arrivées : Françoise et Béatrice. On a fait un tour du quartier et on s'est assises dans le petit square à côté de chez nous. Les deux amies étant non-voyantes, les déplacements sont un peu difficiles à un chien et trois aveugles. Et puis, patronne n'est pas encore complètement habituée à moi. Quant à moi, je n'ai pas encore intégré tous ses repères et ses habitudes. Mais je l'ai surprise en train de déclarer que j'étais sa préférée, et cela m'est allé droit au cœur. Je crois qu'on est bien parties, ensemble.

Début juillet 2009

En voiture pour Lormes ! Son fils Éric est au volant et j'occupe la moitié du coffre. Je découvre la petite maison et la cour de deux cents mètres carrés, avec sa partie recouverte de gravillons pour courir après les balles de tennis et sa pelouse pour rouler sur le dos, les pattes en l'air.

Ô surprise ! Arrive Isa, une éducatrice de l'école. Je passe toute une journée à parcourir cinq ou six fois les 1500 mètres qui nous conduisent au centre du village, avec ou sans la patronne. Nous descendons la rue de la Justice et je dois ensuite couper par un carré d'herbe pour rejoindre la route qui mène au bourg, traverser à tel endroit et pas ailleurs, suivre la rue de la Maladrerie, le trottoir cabossé puis, dans la rue Paul Barreau, où il n'y a plus de trottoir, serrer toujours à droite le long des habitations. Cette fois, ma patronne doit sortir sa canne blanche pour mesurer si je ne m'éloigne pas trop des maisons et éviter les pots de fleurs, les plots, les seuils. Nous repérons la boucherie sur la droite, la charcuterie à gauche, puis la pharmacie. Nous traversons la place pour trouver le magasin Casino, la maison de la presse et la pâtisserie. Il faut que je me souvienne de tout cela. Un grand merci à l'école d'avoir déplacé un éducateur si loin de Paris. Patronne avait du mal à se débrouiller mais maintenant elle se sent plus rassurée, c'est l'essentiel !

Mi-juillet 2009

Aujourd'hui, c'est la brocante au village. Les gens d'ici disent "en ville", mais il y a seulement 1600 habitants. C'est plus animé que les autres dimanches. Roselyne, qui fait le ménage chez nous, nous rejoint sur la place. De retour à la maison, je fais mes besoins sur la pelouse et elle se plaint de ne pas pouvoir les ramasser. Je n'y peux rien. J'ai facilement mal au ventre.

Début août 2009

Un taxi s'arrête devant le portail blanc. Michèle, une amie de patronne en descend avec une valise. Je l'ai entrevue à Paris. Elle vient passer une quinzaine de jours avec nous. Nous, c'est Édi Pop (qui fume toute la journée) et patronne qui fait la cuisine, la lessive et prend le soleil dans la cour. Patronne m'appelle Dune la douce, la silencieuse car je n'aboie jamais. Je me fais comprendre autrement. J'aime les caresses d'Édi qui apprécie mon calme. J'aime courir sur la pelouse et jouer avec la corde que Christiane, la voisine, m'a offerte. Elle habite de l'autre côté de la haie et vient souvent nous parler. Michèle épluche les légumes et lit son journal. Elle reste tout le temps assise car son poids la fatigue. Elle est assez forte ! Elle a quand même réussi à me porter sur le lit de patronne, tout ébahie. Non, elle ne veut pas que cela se reproduise, car s'il pleut, je rentrerai avec les pattes mouillées. Tous les soirs, Michèle lit à mes maîtres un chapitre de *Harry Potter à l'École des Sorciers*. Je ne sais pas si Édi écoute bien car sa tête commence à être fatiguée.

Mi-août 2009

Michèle est repartie. C'est maintenant Madeleine et Jean-Jacques qui sont arrivés en voiture, avec leur chien Édo. Il me déçoit un peu car je suis jeune et joueuse et lui est vieux et guère vaillant. C'est un labrador noir qui a du mal à monter l'escalier pour rentrer dans la grande chambre où il dort avec ses maîtres. Je suis aussi contrariée car je dois me contenter d'un tapis posé sous la table de la cuisine.

Nous sommes allés tous ensemble visiter le château de Guédelon : un château-fort en construction que l'on édifie avec les outils et les techniques du Moyen Âge. Nous avons roulé longtemps pour y arriver mais Édo et moi étions très sages en voiture. Nous avons aussi emprunté la route des vins de Bourgogne. Au retour, panne de voiture. Quelle galère pour rentrer à la maison !

Septembre 2009

Ce matin, nous partons de bonne heure à l'AVH où patronne enseigne le français. Nous prenons le métro, ligne N°1, puis la ligne N°13 jusqu'à Duroc où nous longeons le haut mur de l'Institut national des jeunes aveugles, sur le boulevard des Invalides. Dans la rue Duroc, je m'arrête pour mes besoins car j'ai très mal au ventre. Le temps est estival et encore chaud. Nous pénétrons dans le grand hall moderne et froid d'apparence. Nous montons l'escalier jusqu'au second étage car l'ascenseur est constamment occupé à cette heure matinale. J'ai toujours mal au ventre. Dans la classe, les stagiaires arrivent nombreux et l'air devient de plus en plus pesant. Si on ouvre les fenêtres il y a trop de bruit, si on les ferme, on étouffe. Tout à coup, je lâche un gaz et les étudiants se plaignent : « Pouah, ça pue ! » Je me sens très humiliée et ma patronne déclare qu'elle va me sortir, le temps que chacun relise le texte et tente de répondre aux questions. Un stagiaire nous appelle l'ascenseur. Bref, le reste de la matinée se passe sans problèmes. À la pause déjeuner, nous descendons à la cantine. Ça sent bon les lasagnes, j'en mangerais bien ! Nous faisons la queue au self et patronne prend son plateau. Nous rejoignons les professeurs. Je suis sous la table et je me lèche les babines. Je sais cependant que je n'aurai rien. L'après-midi, je m'endors en écoutant un cours d'histoire sur la France et l'Europe au temps de la

Renaissance. Je rêve que je m'ébroue avec un autre chien : mes pattes s'agitent de soubresauts et je pousse de petits cris caractéristiques. Patronne me réveille d'une caresse : « On va rentrer à la maison ». La chaleur m'épuise et j'ai surtout soif : je me dirige vers la petite cuvette posée pour moi à côté de la porte d'entrée. Le voyage du retour est long et il y a beaucoup de monde dans le métro. Certains jours sont plus difficiles que d'autres. Demain, peut-être qu'il pleuvra. Il fera donc moins chaud.

Octobre 2009

J'aime bien être dans la classe de ma patronne, mais j'ai souvent mal au ventre. Un jour, j'ai beau me dandiner devant elle, elle ne se décide pas à me sortir au milieu du cours, comme elle l'a déjà fait. Elle n'ose pas passer devant le bureau de la directrice quand ce n'est pas l'heure. Alors, je n'y tiens plus et catastrophe ! Il faut nettoyer le sol que j'ai souillé. Roger, un stagiaire très serviable, l'aide avec des chiffons et une serpillère. Quelle odeur ! Comme c'est la troisième fois que cet incident se produit, dont une à la maison, patronne m'emmène chez le vétérinaire. Il faut changer ma nourriture et me donner des croquettes gastro-intestinales à vie. Tout rentre dans l'ordre.

Janvier 2010

Je dors pendant les cours de français. *Le Malade imaginaire* ne m'intéresse pas trop, ni la Charte du patient hospitalisé, et pas davantage la loi Leonetti sur la fin de vie. Je surveille quand même d'un œil ce qui se passe en classe. Dommage que je ne puisse pas parler car je rapporterais tout à ma patronne.

Mars 2010

Depuis quelques jours, il y a un autre chien dans la classe de prépa kiné. J'aimerais bien jouer avec lui car il est jeune, comme moi, et vigoureux. Mais sa maîtresse le garde tout le temps couché à ses pieds. Elle ne veut pas qu'il bouge. Elle a raison, sur le plan de l'éthique du chien guide, mais je suis frustrée. Bon, je ne vais pas l'embêter car moi aussi je suis bien élevée.

Avril 2010

Le secrétariat de l'école de kiné est fermé. Le directeur et les membres du personnel sont en vacances pour toute la semaine, sauf nous, les prépas. Alors, le vendredi après-midi, quelques stagiaires nous font faire une course dans le couloir qui longe les trois classes. Ils nous applaudissent et rient de nous voir terminer en glissade sur le carrelage. Patronne rit aussi. C'est le dernier jour de la semaine et il ne reste plus qu'une heure de cours. C'est la première fois que je vois mon compagnon se détendre ainsi. Moi, je vais souvent au bois mais je ne sais pas si sa patronne comprend bien qu'il a besoin de détente. Comme on est assez nombreux à l'AVH, j'ai remarqué que certains maîtres étaient très gentils avec leur chien et d'autres beaucoup moins. Quelques-uns ne pensent qu'aux services qu'ils peuvent tirer de leur animal et sont parfois durs, presque brutaux. L'école de chiens guides surveille de près ces comportements. Un éducateur vient toutes les semaines passer quelques heures dans le hall. Il peut ainsi répondre aux questions et donner ses conseils. Moi aussi je surveille, c'est important.

Janvier 2011

Patronne doit assurer cette année un nouveau cours que les stagiaires de la classe prépa de l'école de kinésithérapie appellent «le français scientifique». Ce cours comprend l'apprentissage des racines grecques et latines, du vocabulaire médical et l'approche de certaines pathologies par des textes qu'il faut résumer, comme cette page qu'elle a distribuée : une réflexion d'Alexandre Jollien, un philosophe, atteint d'une infirmité motrice cérébrale. Un stagiaire a d'ailleurs trouvé sur Internet la vidéo d'une conférence qu'il avait donnée et l'a fait écouter à la classe. Quand il y a des travaux d'écriture à réaliser sur table, quelqu'un lit ce qu'il a écrit et tout le monde applaudit. Moi, je me lève car je suis de la fête. La participation est bonne cette année. Dommage que patronne prenne sa retraite au mois de juin.

11 juin 2011

Ce matin, nous avons changé d'itinéraire. Au lieu de descendre à Duroc, nous avons filé jusqu'à Plaisance et sommes allées chez AccesSolutions pour suivre une formation en informatique, adaptée aux non-voyants.

Patronne était avec trois collègues et le formateur dans une immense salle. Ils avaient chacun un ordinateur parlant. Quelle cacophonie ! Du coup, j'en ai profité pour faire le tour du propriétaire et bien mal m'en a pris ! Quand on m'a appelée, le soir, j'étais introuvable. « Dune, Dune, Dune ! » Patronne commençait à s'inquiéter. On a fait venir à la rescousse la secrétaire voyante. On a arpenté les couloirs et les bureaux et on m'a découverte devant un plat de frites, laissé là par quelque employé étourdi. Demain, je resterai attachée, ça c'est sûr !

16 juillet 2011

Nous sommes à Lormes. Aujourd'hui, c'est l'anniversaire de ma patronne. On lui prépare une surprise, mais chut ! Elle est un peu étonnée qu'Éric et sa femme Betty se lèvent si tôt pour aller faire les courses. Elle a lavé du linge qu'elle est en train d'accrocher au fil quand une voiture s'arrête et que le portail s'ouvre. Elle entend chanter « joyeux anniversaire » et reconnaît la voix d'Annick, sa sœur. Il y a aussi Patrick, son beau-frère et un couple d'amis, Yvette et Jean Pierre. Ils viennent fêter ses soixante ans et se sont entendus avec les enfants pour préparer un bon déjeuner. Quelle bonne idée ! Je vois son visage tout baigné de lumière. On installe les tables dans la cour et Patrick s'occupe de décrocher le nid de frelons qui est collé contre le volet de la chambre. La veille, un jardinier était venu les asperger d'insecticide.

Le soir, comme il pleut après cette belle journée, tout le monde se couche tôt. On est un peu serrés à l'intérieur mais pas question de monter la tente sur la pelouse détrempée.

Septembre 2011

De retour à Paris, j'apprends un nouveau parcours, grâce à Michèle qui nous accompagne la première fois. Nous sortons du métro à Bastille et rejoignons la résidence St-Louis, rue Moreau, pour aller chanter dans une chorale. Ça y est, j'ai bien repéré la porte et l'entrée du métro pour le retour. Nous pourrons maintenant y venir seules tous les vendredis.

Octobre 2011

Je monte en grade ! Je ne conduis plus une personne aveugle mais deux : la patronne et Édi. Les jours de beau temps, nous faisons le tour du pâté de maisons. Il faut s'asseoir une première fois sur le banc à droite, une seconde fois à la terrasse de la boulangerie et une troisième fois avant d'arriver à la pharmacie. Je calcule la largeur de deux personnes sur ma droite. On évite tous les poteaux.

Novembre 2011

Depuis la retraite de patronne, nous nous rendons tous les mercredis après-midi à la détente, organisée par l'école pour que les chiens puissent se défouler et s'amuser ensemble. J'adore ! Je retrouve des copains : Flana, Éden,

Cid, d'autres parfois. L'ambiance est très sympa avec les patronnes, les patrons et les bénévoles qui leur donnent le bras dans le bois. Nous, les chiens, nous plongeons dans les points d'eau et courons comme des fous. Cela ne m'empêche pas d'écouter les conversations des humains. À vrai dire, je ne suis pas très disciplinée car je m'éloigne souvent du groupe pour affirmer mon indépendance et, surtout, pour aller fureter autour des tentes des SDF où il y a souvent de la nourriture. Patronne en a parlé à Sébastien, l'éducateur qui nous suit, et ce dernier lui a recommandé de me rappeler de temps en temps *au pied* en me tendant une gourmandise. Alors, je me calme un peu.

14 juillet 2012

Éric a loué une voiture pour deux jours. C'est un mariage mais pas le sien. Il y a beaucoup de cousins : Alain qui est coiffeur, Jean-Pierre le musicien qui a aidé patronne à trouver un jeune professeur de piano. Elle joue du classique et j'aime l'écouter.

Octobre 2012

Chaque matin, une aide-soignante passe pour la toilette et l'habillage d'Édi qui est bien diminué physiquement. Ce n'est jamais la même. Certaines d'entre elles ont peur de moi et demandent à patronne de m'enfermer. Mais elle refuse et leur dit que je suis chez moi. Elle se contente de m'appeler auprès d'elle, ajoutant que je suis très gentille et que je n'aboie jamais.

Janvier 2013

Branle-bas de combat à la fin de la détente. On ne me retrouve plus. Appels, coups de sifflet, rien n'y fait. « Dune est perdue ». Patronne n'a même pas sa canne blanche pour rentrer seule à la maison. Un quart d'heure plus tard, l'école nous appelle : « C'est bon, Dune a été trouvée devant la porte ». Ben oui, comme je m'étais égarée, j'avais pensé que le mieux était de rentrer à l'école !

24 juin 2013

Annick et Patrick vont rester chez nous quelques jours. Ils accompagnent Édi qui va être hospitalisé une longue semaine pour des examens approfondis.

4 juillet 2013

En voiture pour Lormes ! On récupère Édi à sa sortie de l'hôpital et en route !

20 juillet 2013

Ce soir, Édi ne va pas bien. Il respire fort. Les pompiers arrivent et le Samu l'emmène à l'hôpital de Clamecy, le plus proche de Lormes. J'entends dire qu'on lui fait des transfusions sanguines et des piqûres d'EPO.

Fin juillet 2013

Annick et Patrick sont appelés en urgence. Patronne ne se sent plus en sécurité pour s'occuper seule d'Édi. Ils lui proposent de les ramener tous les deux à Paris.

20 août 2013

Décès de Michèle… C'est arrivé subitement. Personne ne s'y attendait. C'est dur pour patronne qui l'aimait beaucoup. Pour moi aussi. Je m'étais bien habituée à elle, même si elle préférait Poona. Elle faisait partie de la famille depuis des années.

Septembre 2013

Patronne embauche Josiane pour garder Édi le mercredi après-midi, pendant la détente. Quand la promenade est terminée, j'ai le droit de prendre ma douche la première, car il faut vite rentrer à la maison. Des aides ménagères viennent faire manger Édi tous les midis et quand de la nourriture tombe par terre, c'est pour moi.

Été 2014

Nous restons à Paris. Nous faisons presque tous les jours le tour habituel avec Édi. Je suis très à l'aise sur cet itinéraire et je rends bien service. Des gens viennent parfois parler à mes patrons. Ils ne partent pas en vacances cet été car il faudrait trouver quelqu'un pour aider patronne. Elle ne peut pas s'occuper seule de son mari.

Je me suis brûlé un coussinet et j'ai dû garder la chambre pendant plusieurs jours avec pansements et collerette. Je déteste avoir ce carcan autour du cou : je vois mal à travers et je me cogne dans tous les meubles. Heureusement qu'il y a les détentes du mercredi !

9 janvier 2015

Ouf ! Ce soir le calme est revenu et je peux dormir en paix. Quelle journée éprouvante et épouvantable pour les humains ! Pourtant, elle avait bien commencé. Ce matin, rendez-vous à 9 heures chez le médecin. Comme d'habitude, je me planque sous son bureau et j'attends de pouvoir regagner la porte pour partir. Nous faisons un crochet au retour pour passer chez le poissonnier. Patronne achète deux parts de pizza chez le boulanger. Je me lèche les babines en sentant toutes ces bonnes odeurs. Nous rentrons à la maison avant midi. Brigitte, l'aide ménagère, est en train de faire déjeuner Édi. À 13 heures, patronne met la radio. Nous entendons qu'un attentat a lieu en ce moment même à l'Hyper Cacher, situé à deux pas de chez nous. Et ça dure, ça dure tout l'après-midi ! Une voisine nous met en garde : il est interdit d'aller dans la rue. Mais j'ai envie de faire mes besoins, moi ! À quatre heures, comme je ne tiens plus, patronne me descend dans la cour de l'immeuble et me fait passer à travers le grillage pour me mettre sur la pelouse où je peux me soulager. Un journaliste sonne à notre porte et demande s'il peut regarder depuis notre balcon. Patronne refuse, prétextant qu'elle doit s'occuper de son mari malade. Deux éducateurs de l'école nous téléphonent pour prendre de nos nouvelles. Vers cinq heures, on entend des bruits épouvantables, alors que la radio annonce que l'assaut a été donné contre les terroristes. Patronne nous informe et rassure Édi. Ouf ! Quelle journée ! Je n'aime pas les grenades assourdissantes.

Août 2015

Nouveau séjour à Lormes. Je suis bien sur ma pelouse et je peux aller dans la cour dès mon réveil. J'y attends la venue de Suzanne qui passe la matinée chez nous, pour la toilette et les repas d'Édi. On fait aussi une promenade avant le déjeuner. Suzanne cueille des mûres et moi aussi. Je mords à pleine gueule dans les buissons épineux. C'est grâce à notre voisine Colette, que nous avons trouvé cette dame. Sans elle, nous n'aurions pas pu passer l'été dans le Morvan.

Novembre 2016

Détartrage de mes dents et ablation d'un kyste sous l'œil. Patronne vient me reprendre à 14 heures, accompagnée de son amie Josiane. Je suis encore dans les vapeurs de l'anesthésie. Je dois faire d'immenses efforts pour tenir debout sur le trottoir. Plus d'une fois, je manque de tomber et j'avance comme je peux. On dirait que j'ai bu. Ah ! c'est insurmontable ! À la maison, je dors tout l'après-midi. Josiane est touchée de me voir si mal.

31 décembre 2016

La table est mise avec les rallonges. L'appartement est décoré de guirlandes. Annick et Patrick sont chez nous depuis hier. On attend des cousins, Isabelle et Gérard, et… leur chien, mon ami Max, un Jack Russel. Il est jeune et me masse continuellement le dos. Ça sent bon la viande en sauce dans la cuisine. Les voilà ! Max est tout fou de me revoir. J'arrive quand même à discuter un peu avec lui. C'est qu'il se croit très important depuis qu'il a obtenu son diplôme de Chien visiteur en EHPAD ! Il pense rivaliser avec moi. Franchement, c'est à mourir de rire. Sa formation n'a duré que deux jours. Il a appris à monter sur les genoux calmement, à se faire pousser en fauteuil roulant et à supporter qu'on lui tire les poils pour tester son agressivité. Je suis quand même contente pour lui car il va aller distraire des personnes âgées en compagnie de sa patronne.

Janvier 2017

J'ai maintenant neuf ans. Après un examen approfondi chez le vétérinaire, me voilà de nouveau à l'école pour un test de parcours d'obstacles où je me suis si souvent entraînée quand j'étais en éducation : une boîte aux lettres, une marche d'escalier, un trou, un contournement, du vide, un espace exigu.… Je réfléchis pour ne pas me tromper, mais tout cela ne me rappelle que de bons souvenirs.

Notre éducation était essentiellement positive : pas de gronderies, pas de remarques désobligeantes, que des compliments, des caresses et des félicitations. Et plus de collier-chaînette semi-étrangleur.

En fait, je passe, comme tous les chiens guides âgés de huit à neuf ans, un examen de gériatrie. Eh oui ! J'ai beaucoup vieilli et dans deux ou trois ans, ce sera l'heure de ma retraite. Patronne est bien en retraite alors pourquoi pas moi ? Pour le moment, malgré mes neuf ans sonnés, je suis toujours en mesure de continuer à travailler, disent les vétérinaires. On me détecte juste un peu d'arthrose à l'arrière gauche.

22 février 2017

Après la détente et la douche, tout le monde est assis près de la cabane. Patrons et bénévoles mangent des pâtisseries, en buvant café, thé ou chocolat. Renée a encore confectionné un gâteau comme elle le fait si souvent. C'est une bonne cuisinière. Les bavardages vont bon train. La conversation concerne le ramassage de nos crottes. Sylvie témoigne qu'un agent de police l'a réprimandée parce qu'elle ne ramassait pas. Elle se défend : « La loi dispense les personnes aveugles de ramasser les déjections de leur animal ». Il paraît que maintenant, lors des remises, on apprend aux patrons à le faire. Certains s'offusquent mais patronne déclare que ça peut être utile, vu que le caniveau où le chien a l'habitude de se soulager, n'est plus lavé à grande eau tous les jours.

31 mars 2017

Je viens de comprendre qu'Édi était à l'hôpital où il a été emmené il y a quelques jours par les pompiers. Je vais donc rester toute seule avec patronne. Il était doux et gentil avec moi, acceptant même que je monte sur le lit pour me coucher près de lui. Maîtresse n'aurait jamais dû le tolérer.

Juin 2017

Me voilà en vacances pour une semaine dans une famille relais, chez Clémentine et Dany. Pour moi, c'est la fête. Je cours tous les jours et reçois des câlins sous prétexte de brossages. On me donne parfois des gourmandises à croquer. Eh oui, patronne est partie en voyage et elle me fait garder. C'est du changement et j'aime bien !

Juillet 2017

Je suis bien contente de revenir à Lormes. Cette fois-ci, nous avons pris le train avec Martine qui est malvoyante mais se débrouille encore assez bien pour nous organiser des randonnées. Nous faisons aussi du tourisme. Colette nous a emmenées à Vézelay où nous avons grimpé l'étroite rue qui monte sur la colline. Au restaurant Bougainvilliers nous avons acheté un excellent pain d'épices et fait une halte avant d'entreprendre la visite de la basilique. Malheureusement je ne suis pas assez haute sur mes pattes pour admirer le point de vue. À l'intérieur, patronne a pu toucher quelques statues. Nous n'avons pas entendu les orgues mais une harpe celtique. C'était doux et harmonieux.

Noël 2017

C'est la fête, mais Édi n'est toujours pas avec nous. Je crois qu'il ne reviendra pas. Éric et Betty n'ont pas voulu nous laisser seules, patronne et moi. Nous sommes réunis dans notre petit cercle chaleureux.

20 février 2018

Ce soir, j'ai boudé. La semaine dernière aussi et pour la même raison. Nous étions à la maison avec Josiane, la dame qui travaille chez nous, quand patronne m'annonce : « On va chez le boucher ». J'étais toute contente de sortir et de revoir ce commerçant. Non seulement il appelle patronne « tata » et la hèle de loin mais me lance immanquablement un morceau de jambon. Il m'aime bien et a aussi un chien, Frimousse, de la même race que moi. Manque de chance, aujourd'hui comme l'autre fois, c'était le commis qui tenait la boutique. Et j'ai eu beau hésiter au moment de partir, je n'ai rien obtenu. Josiane a dit : « Elle fait la gueule » ! Ça ne dure jamais longtemps car il n'y a en moi ni méchanceté ni rancune. Mais flûte ! j'ai mes habitudes et je n'aime pas qu'on me les change. Patronne me connaît bien maintenant et elle sait qu'elle peut avoir confiance. Chez les gens ou dans un restaurant, je me couche sous la table ou à côté de la chaise. Je ne réclame jamais rien. Elle ne veut pas qu'on me tente avec de la nourriture et ce n'est pas honnête de le faire dans son dos. C'est pareil dans les transports en commun. Il ne faut pas nous donner de mauvaises habitudes ni nous caresser sans en demander la permission. Nous tenons à notre réputation de chien guide. Quand je sais à quoi m'en tenir j'ai moins de frustrations que les chiens qui sont toujours en train de quémander mais ma tranche de jambon chez le boucher, ça, c'est sacré. C'est presque un rituel.

3 mars 2018

Nous nous rendons à Vincennes à l'atelier du conte, comme tous les mois depuis septembre dernier. Maîtresse y apprend à raconter et ce n'est pas toujours facile, même si la plupart des textes commencent par « Il était une fois ». Aujourd'hui, il pleut des cordes. À la sortie du métro, il faut traverser trois rues puis tourner à droite. Quand nous atteignons le second carrefour patronne me dit : *devant, les lignes*. Oui, mais comme il n'y a pas de lignes *devant*, de ma propre initiative je prends les lignes *à gauche* et je traverse. Il pleut tellement qu'on file très vite. Bientôt nous sommes perdues et il n'y a personne pour nous aider sur les trottoirs détrempés. Un jeune homme nous indique le chemin grâce à son portable mais nous quitte brutalement car il pleut trop fort. Nous sommes de plus en plus perdues et je n'ai pas d'autre solution que de me coucher devant maîtresse pour lui faire comprendre que je n'y arrive plus. Mais comme la chaussée est inondée je me contente de me serrer contre ses jambes et de tourner la tête de côté. Enfin, sous la pluie, on entend des pas et patronne appelle. Ouf ! Une dame nous conduit à la Maison des associations où se tient l'atelier. On m'essuie avec une grande serviette car je suis dégoulinante.

31 mars 2018

Cela fait juste un an qu'Édi est parti. Éric et Betty sont venus et on est allé au restaurant. Ils ont annoncé qu'ils allaient être papa et maman et donneraient à patronne leur bébé à garder. Cette idée l'effraie plus que tout mais son fils lui témoigne son entière confiance. N'est-ce pas elle qui l'a élevé ? N'a-t-il pas été langé, nourri et éduqué par deux parents non-voyants ? « On verra », dit patronne, angoissée.

5 mai 2018

Aujourd'hui, c'était les trente ans de la création de mon école. J'ai bien aimé cette journée. Un jeu de piste était organisé et des minibus nous ont amenés jusqu'à la mairie de Paris, par petits groupes. Il faisait beau et les patrons ont improvisé un pique-nique dans un square. À l'hôtel de ville, il y avait un monde fou : des officiels, bien sûr, mais aussi des chiens policiers... Nous sommes reparties en métro, patronne et moi, en début d'après-midi. Quel bain de foule !

21 mai 2018

Je sens parfois que je vieillis. J'ai dix ans déjà depuis le 5 janvier et mes hanches sont douloureuses quand je monte un escalier. Patronne vieillit aussi, mais moi, je vis dans le moment présent, tandis qu'elle, elle se projette dans l'avenir qu'elle voit plutôt sombre. Si ça continue, elle va déprimer et je ne le voudrais pas. Il y a des jours où j'aimerais lui dire : « Viens, allons faire un tour au bois, tôt le matin, pour voir le soleil se lever ». Elle a beaucoup maigri depuis le départ d'Édi.

9 juin 2018

Hier soir, des bruits à l'extérieur m'ont rappelé ce jour où la police nous avait interdit de sortir. Patronne était déjà couchée et, selon mon habitude, j'avais quitté sa chambre en la voyant se déshabiller. Eh bien ! ça a été plus fort que moi, comme j'avais peur, j'ai fait le tour de son lit que j'ai escaladé pour me lover dans ses bras. C'était bon ! Il paraît que ce sont des jeunes qui s'amusent avec des pétards et qu'ils vont continuer tous les soirs, jusqu'au 14 juillet.

18 juin 2018

Ce matin, visite de l'éducateur qui s'occupe de mon suivi. Patronne lui fait part de son inquiétude au sujet de mon avenir. Comme elle n'a pas, parmi ses relations personnelles, quelqu'un qui peut me prendre en retraite, elle lui demande de me trouver une famille d'accueil. Cette démarche lui coûte beaucoup car elle est très attachée à moi. Me séparer d'elle après neuf ans de bons et loyaux services me fait aussi beaucoup de peine. Mais elle sait qu'en vieillissant je serai incommodée si je continue à travailler. Elle dit que je mérite d'avoir du repos, même si j'en ai beaucoup depuis qu'elle ne me fait plus prendre les transports en commun de manière régulière. C'est cela qui nous fatigue le plus, nous, les chiens de la région parisienne.

Je l'entends dire : « Je sais par expérience que les Golden s'habituent facilement à de nouvelles personnes et même à changer de maître. J'espère seulement qu'on lui trouvera des gens très gentils. J'appréhende aussi le passage à un nouveau chien, qui ne connaît pas mes habitudes et dont j'ignore la personnalité et les comportements. Il faut plusieurs mois pour s'harmoniser l'un à l'autre. C'est donc une lourde épreuve qui nous attend toutes les deux. »

21 juin 2018

Nous étions ce matin au cours de braille que maîtresse dispense bénévolement et j'ai pu dormir tranquillement en écoutant les voix des uns et des autres. De petits paravents séparent chaque groupe prof-élève, disséminés dans un open-space. Au fond de la salle, il y a une grande gamelle d'eau où je vais boire en arrivant. Tout le monde me dit bonjour, même la responsable, puis je m'installe sous la table de maîtresse. Au bout d'un moment, elle change d'élève si bien que je n'ai pas le temps de m'ennuyer.

Au retour, juste avant d'arriver au métro, Yolanda, une amie de patronne me fait de grands signes. Heureusement qu'il n'y avait pas de rue car j'ai voulu me précipiter vers elle. Ce comportement est très dangereux et patronne a dû lui expliquer pour qu'elle ne recommence pas.

3 juillet 2018
Il fait très chaud, je souffle et je n'en peux plus. Josiane, que je connais bien car elle vient chez nous deux fois par semaine, est en train de passer la serpillière. Patronne est allongée sur son lit, sans doute pour éviter de marcher sur le sol mouillé ou parce qu'elle a trop chaud, elle aussi. Et voilà que sans trop réfléchir je saute à côté d'elle et me serre contre elle le plus possible, lui passant même ma patte autour du cou. Josiane nous surprend dans cette posture et rit aux éclats :

« Comme c'est mignon ! », s'exclame-t-elle.

Un peu plus tard elles se mettent aussi à rire quand je me prépare à faire l'exercice de course auquel elles m'ont habituée, malgré la chaleur. L'une se met en général au fond de l'appartement et l'autre à l'opposé en criant : « Viens, viens, viens ! », tandis qu'elles tapent dans leurs mains. Aujourd'hui, il fait si chaud qu'elles ne veulent pas m'imposer ce rituel et rient de me voir si enthousiaste pour ma séance d'athlétisme !

4 juillet 2018

Quelle bonne journée ! Nous avons pris le bus jusqu'à mon école et j'ai tout de suite compris que j'allais courir dans le bois quand maîtresse m'a mis mon collier à grelot et mon body orange sur lequel est inscrite en bleu la mention : « chien guide en détente ».

Nous étions quatre chiens aujourd'hui : Flana, Éden, Jump et moi. Il faisait encore très chaud et nous nous sommes baignés dans les ruisseaux deux heures durant. J'adore l'eau. Comme toutes les semaines on nous a douchés à l'école et nous nous sommes sagement couchés près des bancs pendant que nos maîtres prenaient le café avec les bénévoles.

Le soir, après le dîner, patronne m'a dit : «On va à Questions. Tu vas guetter Monique devant la porte de chez nous ». Elle pourrait dire : « On va au club Questions pour un champion ». Ce n'est pas trop long pour moi, d'autant qu'on s'y rend très souvent et toujours après la détente du mercredi.

Elle me met mon harnais mais me tient en laisse car Monique lui donne le bras. Et moi, pendant les vingt minutes de marche qui nous séparent du club, je salive à l'idée de recevoir une gourmandise pour chien, chaque fois que patronne répond bien à une question. C'est le président qui décide, aussi je m'installe à ses côtés et lui lèche le bras abondamment. Nous rentrons à la nuit.

5 juillet 2018

Nous sommes allées chez le dentiste, ce matin. Nous ne traversons jamais tout droit pour prendre le cours de Vincennes car le carrefour est trop incertain. À l'endroit où les piétons attendent, nous ne pouvons pas entendre les voitures démarrer et le feu n'est pas sonorisé. Nous faisons donc un crochet sur la gauche jusqu'au feu rouge suivant. Là, patronne me donne l'ordre : *À droite, les lignes*. Elle appuie sur sa télécommande qui sonorise le feu, ce qui nous permet tout d'abord de franchir une partie du boulevard, puis de traverser les voies du tramway avant de se retrouver de l'autre côté. Cela équivaut à faire une sorte de détour en épingle à cheveux.

Je me souviens avec effroi de la période où il n'y avait pas encore de sonorisation. Nous écoutions de toutes nos oreilles si le bruit lourd du tramway ne couvrait pas celui des voitures et je me lançais à l'aventure. Le pire c'est qu'il n'y avait personne pour nous aider. Ce que nous faisions-là était très risqué mais nous n'avions aucun autre moyen pour traverser. Quand j'y repense, j'en ai froid dans le dos.

Devant l'interphone, patronne a un peu hésité pour trouver le bouton d'appel du dentiste mais elle ne s'est pas trompée. La toute première fois que nous sommes venues, ce professionnel qui sent fort l'essence de girofle m'a proposé de m'asseoir dans le petit coin, juste avant de franchir la porte de son cabinet. D'un commun accord, maîtresse et lui m'ont demandé de ne pas bouger. Ainsi, chaque fois que je viens en consultation cela se passe comme sur des roulettes.

Cet après-midi, patronne a suivi son cours de locomotion à la canne blanche et je suis restée tranquille chez nous. C'est sa troisième leçon gratuite donnée par l'école des chiens guides pour lui permettre de reprendre de bons repères et de bonnes habitudes, en prévision de mon départ en retraite et dans l'attente d'un nouveau chien.

Qu'elle ne s'imagine surtout pas en avoir un dans l'immédiat, vu qu'il n'y a pas assez de chiens pour répondre à toutes les demandes. Il lui faudra certainement attendre quelques mois. C'est pour cela qu'elle doit pouvoir suivre, avec le bout de sa canne, la bordure de la piste cyclable — nous habitons tout près — et repérer les espaces dans la haie pour trouver l'entrée de notre immeuble.

Avec nous, tout se passe comme si des poteaux indicateurs magiques montraient les endroits à atteindre et cette magie ce sont les mots que nos éducateurs nous ont appris et que nous n'oublions pas : *à la maison, le boucher, l'épicerie, l'école, le docteur*, etc... Quand un maître veut nous apprendre à trouver un lieu que nous ne connaissons pas, on lui conseille de nous faire faire l'exercice de repérage deux ou trois fois en nous donnant un mot clé, additionné d'une caresse. C'est comme cela que j'ai appris à aller à *la gym*, le cours de gymnastique de patronne, qui a lieu une fois par semaine.

Ce soir, en sortant pour mes besoins, je me suis mise à boiter. Maîtresse se demande si je n'aurais pas marché sur du verre cassé ou sur du goudron trop chaud. Comme nous partons en vacances le 10 juillet, elle va être obligée de m'emmener chez le vétérinaire. Ça, c'est vraiment un endroit où je n'aime pas aller.

6 juillet 2018

Aïe ! Ma patte me fait vraiment mal mais la douleur augmente quand patronne me la palpe. Elle la recouvre de Biseptine dont je déteste l'odeur ! Ça coule de partout, aussi je me dépêche de lécher. Pouah ! Ça pique la langue.

Nous sortons quand même. J'attends la sonnerie de la cloche pour traverser le boulevard et l'autre sorte de bruit, semblable au braiement d'un âne, pour passer sur les lignes du tramway. Nous nous engageons dans la petite rue qui descend. Je sais qu'il va falloir trouver la porte où ça sent fort les médicaments, alors je fais celle qui ne comprend pas et montre toutes les autres portes. Patronne sait que je le fais exprès et finit par demander à un passant. Et voilà ! Le verdict est sans appel : injection et comprimés pendant cinq jours !

12 juillet 2018

De bon matin, nous descendons dans la cour de notre immeuble. Je reconnais Isabelle et Gérard et... Max, leur Jack-Russel que j'aime bien. Je tire de toutes mes forces sur ma laisse en remuant la queue pour lui dire bonjour. Leur voiture est garée tout près. Je me disais bien, en voyant patronne préparer des sacs sur le canapé, que quelque chose se tramait. Il y a beaucoup de mystères qui parfois s'éclaircissent, parfois non. À ce propos, le maître n'est pas réapparu depuis très longtemps, où est-il donc passé ? La dernière fois que je l'ai vu il y avait tellement de personnes dans la maison que je m'étais fait toute petite. C'était le branle-bas de combat. Dommage ! Je l'aimais bien et j'aimais aussi surveiller les petits morceaux de nourriture qui tombaient sur le sol quand on le faisait manger. Patronne me parle de lui parfois. Je ne suis pas sûre mais je crois qu'il est mort.

En voiture ! Quelle chance ! Cette fois on me permet de monter sur le siège arrière et même on me l'impose, à cause de mon collier collerette. Je trône à côté de patronne. Max, qui est devant, aux pieds d'Isabelle, essaie de venir vers moi. Il n'a pas l'air en grande forme lui non plus et on ne veut pas nous laisser jouer ensemble. Il porte un gros pansement sur le ventre et sent le vétérinaire.

Nous roulons longtemps. Le temps est splendide et nous nous arrêtons en pleine nature pour boire, pendant que les grandes personnes sortent les sandwiches et le thermos.
Quand je vois se dessiner soudain le portail blanc avec ma cour et ma pelouse inondées de soleil je comprends que nous sommes arrivés. Aïe ! Les cailloux me font mal à la patte mais je me roule dans l'herbe en laissant échapper des grognements de plaisir. Je commençais à m'ankyloser dans la voiture.

13 juillet 2018

Lormes, au cœur du Morvan. Isabelle et Gérard remettent en marche les compteurs d'eau et d'électricité et le téléphone. Nous, les chiens, nous sommes contents d'avoir de l'espace et nous profitons de la verdure, du calme de la campagne et du soleil. De moins en moins de voitures circulent dans la rue de la Justice, celle qui passe devant notre petit pavillon. Les vaches que leur maître vient nourrir et abreuver font un vacarme de tous les diables mais Max et moi y sommes indifférents.

14 juillet 2018

Pas de sortie pour le feu d'artifice, cette année. À la place, les patrons ont joué dehors à des jeux de société, jusqu'à la tombée de la nuit. Au loin, on entendait le bruit mais je n'ai même pas eu peur. C'est dire que l'événement était sans grande importance. Par contre, avec Isabelle et Gérard nous avons assisté au festival de la chanson dans l'église de Lormes. Yves Duteil, accompagné de sa guitare, a chanté des chansons que maîtresse connaissait. L'église est haut perchée. Avec la colline de la Justice, ce sont les deux points culminants du bourg. Nous avons laissé Max à la maison. Il est trop jeune pour apprécier un concert d'humains. Ah, j'oubliais : hier midi nous avons fêté l'anniversaire de patronne au restaurant. Tout le monde s'est bien régalé.

Il y avait aussi les petits-enfants d'Isabelle et de Gérard, Emma et Arthur. Ils sont passés avec leurs parents pour manger une tarte aux myrtilles. Ils ont six et dix ans et j'ai beaucoup joué avec eux. Plus tard, nous sommes allés nous promener du côté de la table d'orientation, sur la colline de la Justice, où le grand cèdre bleu nous a salués.

16 juillet 2018

Je suis un peu déçue car on ne me permet pas de courir avec Max. J'essaie quand même mais on nous gronde. Pourtant, je sais qu'il va bien. D'ailleurs, il a constamment envie de me labourer le dos avec ses pattes avant, comme s'il attendait quelque chose de moi. C'est un jeune mâle, c'est peut-être pour ça !

17 juillet 2018

Vendredi soir, nous avons invité les voisins pour un apéritif dinatoire : Christiane et Jean-Pierre, Colette et son compagnon Max. C'est drôle, il s'appelle Max lui aussi et impossible de les distinguer quand on les appelle car ils répondent tous deux au surnom de Maxou ! Édi aurait apprécié cette réunion. Il adorait se remémorer les grandes tablées que nous formions dans la cour.

18 juillet 2018

Les uns partent, les autres arrivent. Quel chassé-croisé ! Pour le moment la maison est vide et je suis seule avec maîtresse mais pas pour longtemps car Christiane de Nevers, celle qui m'amène toujours des gourmandises pour chien, va bientôt nous rejoindre.

Pour mon pansement, c'est Colette, la voisine, qui me l'arrange chaque matin. Elle le fait tenir avec une chaussette de maîtresse et un lacet qu'elle serre très fort.

20 Juillet 2018

Je suis vraiment une bourrique. Pour que je souffre moins des cailloux, patronne m'avait enfilé une petite botte. Eh bien ! À force de frotter ma patte sur la pelouse, j'ai réussi à tout enlever, la botte et le pansement.

Finalement, je crois que c'est mieux avec seulement la chaussette. Ça macère moins que dans du plastique. Impossible pour patronne de retrouver botte, chaussette et lacet et c'est encore la gentille Colette qui vient à son secours, d'autant que je suis arrivée à retirer le ruban qui maintenait ma collerette. On refait le pansement et on remet une chaussette propre avec un lacet.

Ici, je ne monte pas sur le lit comme à Paris, car je ramène toujours du dehors des feuilles et des brindilles qui restent accrochées dans mes poils.

21 juillet 2018

Depuis hier, patronne s'est remise à l'écriture. Il faut dire que les jours précédents elle manquait de temps. Elle avait du monde et comme son téléphone fixe était en panne, elle a commencé à utiliser son portable et surtout à rédiger des textos. À quelque chose malheur est bon. Elle a déjeuné chez Colette.

22 juillet 2018

Vraiment, c'est assez ! Patronne m'a encore laissée seule à la maison. Quand elle est rentrée elle s'est allongée pour écouter la boîte qui parle et fait de la musique puis elle est ressortie avec Colette et une autre dame. De nouveau, je suis restée seule. Même si j'étais dans la cour, je n'aime pas. J'ai du mal à marcher, mais quand même ! Et puis j'ai un gros pansement maintenant, fait avec une grande chaussette. Celui-là est vraiment résistant. J'ai beau frotter ma patte sur la pelouse, il ne s'en va pas. J'y mets pourtant beaucoup d'énergie. Je me demande si toutes les chaussettes de patronne ne vont pas y passer !

23 juillet 2018

Aujourd'hui j'ai eu un rendez-vous chez le vétérinaire. Colette nous y a emmenées en voiture. Elle avait même étendu un drap sur sa banquette arrière pour la protéger mais comme je suis bien éduquée et, malgré ma collerette, je me suis glissée entre les sièges. C'est ça, les chiens guides !

Le vétérinaire a constaté une amélioration vu qu'une croûte se forme sous ma patte mais il a diagnostiqué une tendinite. J'espère que ça ne va pas encore m'obliger à garder la chambre. Il m'a prescrit dix jours d'anti-inflammatoires et a demandé qu'on badigeonne chaque jours mes coussinets avec une solution censée les rendre moins sensibles.

Quand on est rentrées à la maison, patronne s'est mise à lire tout en me tenant compagnie. J'aime ces moments d'intimité. Elle ne m'a laissée seule que pour aller déjeuner chez Colette. C'est une bonne personne cette Colette. Je l'apprécie chaque jour davantage.

Malgré la chaleur, patronne a quand même passé l'aspirateur. Comme je n'aime pas le bruit que fait ce drôle de balai je suis sortie dans la cour. Parfois, je me couche en plein soleil pour soulager mon arthrose. J'ai l'impression que ça me fait du bien.

Le soir, nous sommes montées toutes les trois, patronne, Colette et moi à la table d'orientation. On appelle cet endroit la Justice parce qu'il y avait autrefois un gibet où l'on pendait les gens. De cette époque médiévale, il reste quelques traces, comme la rue de la Maladrerie, qui signifiait « lépreux » et la rue du Vieux Château où nous nous sommes également promenées avec Muguette, la sœur de Colette.

24 juillet 2018

Ouf ! je n'ai plus de chaussette, plus de lacet, plus de collerette. Je peux gambader comme je veux. Et j'ai moins mal à ma patte. Je me couche de temps en temps en plein soleil et j'y reste un long moment, puis je m'en retourne à l'ombre, près du bac aux plantes aromatiques, le dos au mur. C'est ma place préférée.

Surprise ! À midi patronne invite Colette dans un restaurant italien. Je le reconnais à l'odeur. Avant d'entrer nous avons fait un tour à la charcuterie de la rue Barreau et dans une nouvelle boutique qui expose toutes sortes de produits de Bourgogne. Lormes fait partie du Morvan traditionnel, avec ses collines, ses bois et ses étangs mais a été intégré à la Bourgogne administrative. La vraie Bourgogne, celle des vins, se trouve à une centaine de kilomètres, plus au sud.

25 juillet 2018

Parfois patronne pense tout haut mais à d'autres moments elle s'adresse à moi. Voici ce qu'elle a dit aujourd'hui : « Merci, mes trois chiens, Bengy, Poona et Dune. Merci Isabelle, Christiane et Colette. Merci, Lormes. Vous m'avez sortie de l'état dépressif dans lequel je sombrais depuis le mois de juin. Merci, mes trois chiens. En me donnant ce travail d'écriture vous m'extirpez de mon enfermement. Grâce à vous, j'écris ce livre et je suis rassérénée. Je me plonge dans mes souvenirs et je fais des recherches ce qui est bon pour le moral. »

Patronne me parle souvent. Même si je ne comprends pas tout, je ressens les sentiments qu'elle éprouve. Elle est vraiment heureuse d'être à Lormes et bien entourée, alors qu'elle craignait de se trouver trop seule. En l'absence de visites Colette l'invite tous les jours à déjeuner. Maîtresse apporte un peu de fromage, un peu de viande que nous achetons à la charcuterie Macadré du bourg. Les propriétaires me connaissent bien. Elle fait des projets aussi. Elle parle de repeindre les volets, la table, la boîte aux lettres...

Demain, les amis d'Angers, Madeleine et Jean-Jacques, vont arriver. Ils avaient un labrador, Édo, que j'ai un peu connu et avec lequel Poona s'était violemment disputée, simplement parce que les patrons avaient donné la gamelle de l'un devant l'autre. « Toi, tu n'en aurais pas fait un fromage », me dit patronne.

26 juillet 2018

Il fait très chaud. La voiture de Madeleine et de Jean-Jacques s'arrête devant le portail mais je n'ai pas le courage de me bouger pour aller les saluer. Je les reconnais bien, pourtant.

La maison est à nouveau pleine et tout le monde dîne dehors, sur la grande table. Quand la nuit tombe je me hâte d'aller m'allonger dans la chambre où les amis de maîtresse ont déposé leurs valises. Je ne veux pas qu'on m'envoie dormir à la cuisine, comme l'été dernier. C'est vrai, pourquoi devrais-je aller sous la table où je suis seule, alors que la nuit dernière j'ai dormi là, pas loin de maîtresse ? J'ai bien fait d'avoir été rapide car on n'a pas osé me déranger. Comme quoi, ma manœuvre a bien fonctionné.

27 juillet 2018

C'est la canicule sur toute la France, annonce la boîte. Je me réjouis d'être à Lormes, car j'y suis heureuse. La maison est pleine de bons souvenirs et le temps est splendide. Nous sommes quand même mieux à la campagne qu'à Paris. Ceci dit, j'ai tellement chaud que je me couche soit sur le carrelage de la cuisine ou de la grande pièce, soit derrière le bac aux plantes aromatiques, à l'ombre.

Ce soir, Madeleine a fait des crêpes. Elle annonce : « Nous mangerons les salées avec œuf, jambon et fromage râpé et les sucrées avec du citron. » J'en salive d'avance.

Je surprends une conversation que j'ai du mal à comprendre mais qui m'en rappelle une autre.

« Éric et Betty vont avoir un enfant, dit patronne. Il va falloir que Dune s'habitue au petit. La connaissant, elle sera peut-être un peu jalouse mais elle est si gentille ! Il n'y a aucune méchanceté en elle. Cela se voit à son regard, disent les gens qui ne la connaissent pas. J'ai déjà prévenu l'école pour qu'ils choisissent mon nouveau chien en fonction de ce dernier critère. C'est important de le signaler. Un bébé, c'est une lourde responsabilité ! »

En fin de soirée Madeleine décrit le paysage qu'elle voit de l'autre côté de la rue et par-delà la haie : tout un pan de collines avec des bouquets d'arbres, des maisons et des taches de verdure aux tonalités variées. J'écoute, car de ma hauteur, je n'aperçois que le portail blanc et un peu de route. À peine plus que patronne.

31 juillet 2018

Depuis trois jours, je fais de grandes promenades le matin. On m'a mise en liberté à la table d'orientation : je cours encore comme une folle et je flaire toutes sortes d'odeurs : cendres, gibiers, restes alimentaires ou déjections animales. Que c'est bon !

1er aout 2018

Nous avons fait un grand tour par les petits chemins bordés de ronces et d'herbes odorantes et nous sommes revenus par la route. Tous les chiens aboyaient sur mon passage, petites et grosses voix composaient une diversité vocale qui m'excitait, mais je ne bronchais pas. C'est ça, être un chien bien élevé.

En rentrant, je me suis mise dans le petit coin, près du bac, à l'ombre. J'ai creusé mon trou dans les cailloux et appuyé mon dos contre la pierre de la maison. C'est agréable.

Dans l'après-midi Madeleine et maîtresse ont chanté. C'était pas mal. J'ai même écouté jusqu'au bout.

Le soir, maîtresse est restée un long moment dans la cour alors que les autres étaient déjà allés se coucher. Il faisait tout noir mais elle s'en fiche : elle ne sent pas la différence. Je crois qu'elle profitait de la fraîcheur de l'air. Elle a dû insister pour me faire rentrer. Je m'étais endormie, à quelques pas de sa chaise. Je suis allée m'affaler plus loin, sous la table de la cuisine. Après tout c'est une niche assez confortable. Je n'ai même pas eu l'énergie de réclamer la grande chambre tant j'étais épuisée.

4 août 2018

On plie la grande table, on transporte des sacs et des valises vers la voiture. Ça sent le départ. Je ne sais pas si je dois m'en réjouir.

5 août 2018

Tout le monde est debout à 4h30 du matin. Jean-Jacques ferme la maison, coupe l'arrivée d'eau, le gaz et l'électricité. Il le fait parce que patronne déteste s'en charger. Je crois que tous ces appareils lui font un peu peur. Mais elle vide elle-même le frigidaire et range tout.

Je n'aime pas quand les grandes personnes s'agitent. « Nous partons le plus tôt possible, dit Jean-Jacques, car la canicule sévit encore et la voiture n'a pas de climatisation. Il faut être prudent pour la santé de Dune. »

À six heures nous sommes tous à bord. Direction, Angers, la maison de Madeleine et de

Jean-Jacques où Patrick, le beau-frère de patronne vient nous chercher. Le voyage a été long et on ne m'a rien donné à manger pour que je ne sois pas malade en voiture. De toute façon, avec cette chaleur, je mange moitié moins que d'habitude. Nous atteignons le domicile de la sœur de patronne vers midi. Tout le monde déjeune sur la pelouse que Patrick entretient comme s'il s'agissait d'un tapis persan.

Maya, le chat, m'observe à distance. Il fait chaud mais la tonnelle nous protège du soleil.

L'après-midi, j'accompagne patronne et sa sœur Annick chez leur père, papy Raoul, qui vient d'avoir 92 ans. Il est bien fatigué, ne mange plus seul et a du mal à se lever de son fauteuil.

Au retour, nous faisons une grande marche du côté des ardoisières de Trélazé, qui recouvrent les toitures des châteaux du Val de Loire. Annick fait toucher à sa sœur les gros blocs qui bordent le chemin. Nous passons près d'un ruisseau où abondent les moustiques et on me fait accélérer sans que je comprenne pourquoi.

Il fait déjà nuit quand nous regagnons la maison. Maya, le chat, dort sur la véranda, moi dans la salle à manger et patronne à l'étage.

6 août 2018

Nous passons la journée en démarches administratives. Il faut trouver un EHPAD pour papy Raoul et ce n'est pas simple. De nouveau nous lui rendons visite mais il ne s'intéresse guère à moi. Il est trop âgé et a une odeur aigre de vieillard.

7 août 2018

Retour chez Madeleine et Jean-Jacques. Je me sens très bien chez eux. Ils ont une grande pelouse où je peux me détendre à loisir. Valentin, l'ami qu'ils hébergent fait un barbecue tous les jours. Je le suis partout et je mange parfois du charbon de bois. Qui sait ? C'est peut-être bon pour mes intestins. Tous les soirs Valentin me fait faire un grand tour, à mon rythme.

12 août 2018

Tiens, me voilà dans le train avec patronne. Éric et Betty entrent à leur tour dans le compartiment. J'ai de la place pour m'allonger sous la banquette et il fait frais. Le voyage dure assez longtemps.

Quelques heures plus tard je reconnais les couloirs du métro parisien et ses odeurs peu agréables. Je m'en doutais : les vacances sont terminées.

18 août 2018

Paris. La vie a repris comme avant. Lundi et mardi, Josiane est allée au supermarché et je l'ai accompagnée. Je lui ai aussi tenu compagnie pendant qu'elle faisait le ménage.

Mercredi, à la détente, les grandes personnes avaient organisé un pique-nique. Moi j'ai pique-niqué de mon côté, près des tentes de SDF. Je me suis baignée aussi. Il faisait tellement chaud que mon poil a séché au soleil, sur le chemin du retour. Maryvonne était avec nous.

26 août 2018

Aujourd'hui, à la détente, il y avait beaucoup d'autres chiens guides avec lesquels j'ai couru. Surtout un jeune labrador qui est pensionnaire en famille d'accueil. Je me suis trouvée encore bien alerte !

7 septembre 2018

Inge, une autre amie de maîtresse, attend derrière la grille. Cela signifie que nous partons en promenade. Je suis contente, même si je sais que je vais rester attachée car elle voit mal.

Au bord du lac, les passants disent que je suis un beau chien. Un enfant demande s'il peut me caresser. Patronne s'arrête pour discuter avec ses parents : « On va me l'enlever dans les mois prochains et la placer dans une famille pour sa retraite », « Alors ce sera chez nous », dit l'enfant.

12 septembre 2018

Nouveau pique-nique dans le bois de Vincennes. L'échange entre les voyants bénévoles et les non-voyants a été animé. Ils étaient tous très en colère. Ils ont parlé du refus d'accessibilité. Chacun a raconté son histoire : refus d'accès de l'aveugle et de son chien dans un taxi, dans l'autobus, dans un commerce d'alimentation, tous ces lieux où la loi nous permet pourtant d'entrer avec nos patrons. Sylvie a raconté que le chauffeur du bus refusait de démarrer tant qu'elle restait dans le véhicule avec son chien. Renée s'est fait insulter par un groupe de femmes parce que le chauffeur avait coupé le contact pour les mêmes raisons. « Non seulement on est aveugles, mais en plus, il faut supporter la discrimination à cause du chien qui serait, aux dires de certains, particulièrement intolérants, un animal impur » ! Elle est bien cette Sylvie, elle œuvre toujours pour la défense de nos droits et elle le fait jusqu'au bout en restant polie et calme.

13 septembre 2018

Hier, à la détente, on m'a fait remarquer que j'étais plus demandeuse de câlins qu'auparavant. Je m'écarte un peu moins du groupe mais c'est quand même toujours moi qu'on rappelle le plus souvent. J'ai toujours aimé vagabonder dans les fourrés et m'éloigner. Le fiston avait remarqué ce défaut dès le début de notre vie commune. Mais je guide bien et, de ce côté-là, il n'y a rien à redire.

Ce matin, nous nous sommes rendues au cours de braille. Ma patronne a une nouvelle élève qui est accompagnée d'un jeune labrador, Moustique. Avec Éden, le chien de Sylvie, nous étions trois chiens. Nous nous sommes bien amusés et avons fait un peu de chahut. Je mesure combien il est important pour moi comme pour mes congénères de ne pas rester dans l'isolement. Évidemment, c'est encore plus important pour nos patrons. C'est ainsi qu'ils s'échangent de précieuses informations.

25 septembre 2018

Laszlo, le petit-fils de patronne est né hier. Nous sommes allées le voir à l'hôpital mais j'ai été vexée qu'on ne me laisse pas monter dans la chambre. J'ai dû attendre dans le hall, à côté de l'accueil. J'espère qu'on ne va pas me mettre de côté. Patronne était toute euphorique à l'idée de voir le petit.

1er novembre 2018

Le fiston et sa femme ont amené le bébé ! Il crie et tout le monde s'extasie. En plus il a une odeur étrange. Je trouve qu'il prend beaucoup de place. Pour montrer mon indifférence je suis allée me coucher sur le lit de patronne.

22 décembre 2018

Quelle journée ! Hier soir le fiston est venu chercher patronne et on a roulé une partie de la nuit. Annick et Patrick nous attendaient. Ils étaient tous bizarres. Ils parlaient à voix basse.

Ce matin, on m'emmène voir papy Raoul qui sent la mort. Mes poils se hérissent et j'ai envie de hurler. Il est bien mort et les gens sont là à le regarder, allongé, les mains jointes et les yeux fermés.

On va à l'église puis au cimetière et on rentre en voiture. Vraiment, j'ai détesté cette journée.

23 décembre 2018

Fiston, sa compagne et le petit Laszlo sont à

la maison. On déballe des cadeaux pour fêter Noël. La salle à manger est décorée de guirlandes et il y a un sapin dans l'entrée. Finalement, je commence à m'habituer au bébé. D'abord il sent bon le lait, tout comme sa maman et puis, il ne crie plus.

26 décembre 2018

Ça recommence ! À la détente, voyants et non-voyants sont en effervescence. Un refus d'accès dans un Monoprix a fait la une de nombreux journaux. C'était le 13 décembre. Un vigile a bousculé un malvoyant qui tentait d'entrer avec son chien comme la loi l'y autorise. Mais le vigile n'a rien voulu savoir, il l'a attrapé par son blouson et l'a poussé violemment vers la sortie. Son berger allemand n'a pas bronché. Quel professionnalisme ! Monoprix défend habituellement la cause du chien guide alors de deux choses l'une : soit les vigiles ne sont pas bien informés, soit ils font du zèle ! Je suis furieuse qu'on se fasse insulter.

3 janvier 2019

Nous partons à Angers en train. Une auxiliaire des aveugles nous a amenées à la gare Montparnasse. De loin, j'ai reconnu le bureau d'Accès

Plus, le service qui s'occupe des personnes handicapées dans les gares. Du coup, j'ai accéléré mon allure et en arrivant dans leur bureau j'ai posé mes deux pattes avant sur leur comptoir. Tout le monde a éclaté de rire.

13 février 2019

Aïe ! J'ai mal aux hanches. À la détente on remarque que je boîte et on examine immédiatement mes coussinets. Mais il n'y a pas de blessure. On en conclut que je souffre d'arthrose. Pourtant hier, j'étais chez le vétérinaire pour mon vaccin annuel. Pourquoi n'a-t-il rien vu ? Patronne le paye déjà assez cher !

23 mars 2019

Tiens ! Nous nous dirigeons vers l'école. Sébastien prévient maîtresse qu'elle n'aura pas de nouveau chien avant l'hiver car aucun, en éducation, ne correspond à ses critères. Normal, elle veut mon clone : un chien calme, docile et qui n'aboie pas.

L'éducateur prend ensuite contact avec une personne qui a fait une demande de chien en retraite. Pour mon arthrose il indique un complément alimentaire à prendre régulièrement et conseille une visite chez le véto en cas de grosse crise.

En sortant, Joëlle, une bénévole, nous tend les bras. Elle est venue attendre avec nous la détente. Qu'est-ce qu'il y a comme gens gentils dans l'entourage de patronne. Je me fais souvent cette réflexion et je me demande si c'est pareil pour les autres.

23 avril 2019

Six heures du soir. On sonne. C'est Léa, une dame rencontrée il y a quelques jours dans le métro et avec laquelle patronne a beaucoup sympathisé. Elle habite tout près et a amené sa fille de dix ans qui veut absolument me voir. Nous nous amusons bien toutes les deux pendant que les deux adultes parlent du livre que patronne est en train d'écrire, un livre sur ses trois chiens.

1er mai 2019

Belle entente et belle synchronisation ! Patronne et moi avons traversé le cours de Vincennes en passant par le métro. C'était magique ! Nous sommes ressorties pour prendre la rue des Maraîchers où habite Pauline, une aveugle qui souffre beaucoup d'avoir toujours eu ses parents comme guides. Malheureusement ils sont maintenant décédés et elle se rend compte à quel point elle manque d'autonomie. Elle n'est jamais sortie seule, n'a jamais utilisé une canne et encore moins un chien. Elle était toujours au bras de quelqu'un. Elle a pourtant passé des diplômes et enseignait l'anglais mais sa mère l'accompagnait chaque matin au collège. Pour les repas elle n'a pas suivi, comme patronne, des stages de cuisine pour non-voyants. Depuis peu, elle a pris de bonnes résolutions et a décidé d'accepter des cours de locomotion. Il était temps ! Il faut dire qu'elle n'est pas toute jeune !

13 mai 2019

Nous sommes parties à midi pour l'AVH de la rue Duroc. Nous étions inscrites pour une sortie culturelle sur le thème des passages couverts à Paris. Dans le hall, c'est Laetitia de l'école des chiens guides qui nous a accueillies. Elle est en remise avec Luis, un aveugle que j'ai connu quand nous allions au cours où patronne apprenait à faire la cuisine. En me voyant Laetitia était tout émue. « Dire que je l'ai vu naître, que je me suis occupée d'elle quand elle était bébé ». Elle a ensuite parlé de ma mère. « Dune est la fille de Tweeda. Ils étaient huit dans sa portée. Malheureusement elle n'a pas eu de lignée.

C'est dommage car c'était une bonne famille. »

Patronne est contente qu'elle fasse la sortie avec nous. On nous présente Christine, qui sera notre accompagnatrice particulière à patronne et à moi. Laetitia et Luis mènent le groupe. Je remarque que Nils, son chien, s'assoit devant tous les escaliers. C'est un jeunot qui respecte à la lettre les consignes. J'entends dire que je suis « une crème », et que mes performances, sous la conduite de Karen étaient excellentes.

Au métro Louvre-Rivoli nous nous dirigeons vers le passage Véro-Donat qui a été construit au XIXe siècle. Une conférencière décrit le décor, l'architecture et explique l'histoire des passages couverts. Près du Palais-Royal, nous en découvrons d'autres, parfois en enfilade. En longeant de petites rues calmes, nous atteignons les grands boulevards et terminons notre excursion par les passages Vivienne et Verdeau. Christine décrit les magasins que nous croisons.

Avant de reprendre le métro je bois une grande rasade. Patronne a toujours un sac à dos contenant une bouteille d'eau, une gamelle pliante, sa canne blanche et le livret en braille du plan de métro. C'est le bagage minimal qui ne la quitte jamais.

22 mai 2019

Au lieu d'aller en détente nous devons rencontrer une famille qui souhaite m'accueillir pour ma retraite. Le rendez-vous a lieu à l'école. Patronne et moi arrivons les premières et nous nous installons dans la salle d'attente. Au lieu de m'assoir, je renifle sous les chaises autour de moi. Il y a du va-et-vient. Margot propose un café et m'emmène boire. Entrent deux messieurs grands et encore jeunes Une dame les accompagne. Sébastien arrive, lui aussi. Nous passons au salon où ces messieurs-dames s'entretiennent de moi : mon âge, mon caractère, mes habitudes alimentaires, tout y passe. J'entends patronne faire mon éloge et répondre que ma douceur se lit dans mes yeux.

C'est décidé : mi-juin, j'irai en vacances chez cette dame qui deviendra ma nouvelle maîtresse. Elle se montre très compréhensive et sait bien que patronne et moi aurons de la peine à nous séparer l'une de l'autre. C'est pour m'habituer que je commencerai par un séjour d'un mois dans son pavillon.

C'est sûr que je ne vais pas travailler jusqu'à l'épuisement mais je ne sais pas trop que penser de cette rencontre. Je veux bien qu'on se revoie de temps en temps. La dame a l'air gentil. Elle m'a même apporté des gourmandises faites maison.

Nous nous quittons après un échange de coordonnées. Sébastien et patronne parlent ensuite de mon successeur. Sébastien évalue ma vitesse de marche et la note sur un tableau où figure celle des autres demandeurs. La vitesse de déplacement des chiens en éducation est mentionnée sur un autre tableau et, le moment venu, la comparaison des deux permet d'attribuer à l'aveugle le chien idéal. En attendant, une instructrice en locomotion vient une fois par mois pour montrer à patronne ses repères sur ses trajets favoris. Chouette ! Nous rentrons à la maison à pied car il fait beau.

29 mai 2019

Je me prépare à partir seule en vacances chez madame C. D'un côté, je suis heureuse car j'aurai un grand jardin, de l'autre, j'appréhende un peu de me retrouver avec des gens que je connais à peine. La semaine dernière, quand je les ai rencontrés, je suis allée au-devant d'eux. C'est peut-être un bon signe. De toute façon, je vais revenir chez patronne après mes vacances et nous passerons encore un peu de temps ensemble avant que je ne parte définitivement en retraite.

13 juin 2019

Changement de programme : mes vacances chez madame C. sont annulées. Patronne m'annonce qu'elle est tombée gravement malade et ne pourra pas me recevoir. Rebelotte : il va falloir me trouver une autre famille.

18 juin 2019

En descendant avec Josiane pour faire mes besoins – patronne nous suivait – j'ai croisé deux éducateurs de l'école qui étaient accompagnés d'un grand labrador clair. Nous nous sommes reniflés et les éducateurs nous ont caressés tous les deux. À mon retour de promenade, le labrador était toujours dans notre cour. Patronne avait même pris sa laisse dans les mains. J'avais une grosse envie de jouer avec lui, malgré mon âge, mais Sébastien m'a dit de remonter. Je sais maintenant que c'est lui qui va me remplacer ! Il s'appelle Nitro. Patronne a de la chance qu'on lui réserve déjà mon successeur !

30 juin 2019

J'ai retrouvé mes marques à Lormes. Patronne, Colette et Max se sont installés autour de la grande table, à l'extérieur, pour boire une bière de Vézelay.

Ils écoutent en même temps, sur la boîte qui parle, une émission concernant les animaux domestiques et leurs exploits. Une partie est consacrée aux chiens guides et un vétérinaire témoigne pour dire combien nous avons besoin de repos. À huit ans déjà, nous faisons partie des seniors et j'en ai onze et demi… Tiens, c'est la première fois qu'un vétérinaire me paraît sympathique !

7 juillet 2019

Je suis étonnée des libertés qu'on m'octroie cette année. D'habitude, je suis au harnais ou en laisse dès que je franchis le portail blanc. Je ne suis pas non plus invitée chez les voisins, alors que là, on me laisse même monter à la table d'orientation en toute liberté. Bon, pas toute seule, évidemment ! Et cet après-midi, on m'a emmenée faire le tour de l'étang du Goulot attachée à une très longue corde, ce qui m'a permis de batifoler dans l'eau. J'avais les pattes, le ventre et le poitrail trempés. Comme il faisait très chaud, j'ai vraiment apprécié.

15 juillet 2019

Je suis heureuse ! J'ai des moments de pur bonheur tandis que patronne fait le tour du jardin au bras de Colette. Je me roule dans l'herbe et je cours comme une folle.

Voilà qu'Annick et Patrick viennent d'arriver. Quelle surprise ! Nous partons tous au bourg manger une glace. Enfin, je croyais qu'Annick me donnerait la petite pointe de son cornet, puisque j'avais posé délicatement mon museau sur son genou. Mais elle a oublié. « J'ai tout mangé. », a-t-elle déclaré. J'ai détourné la tête pour lui montrer que j'étais fâchée. Décidément, les humains n'ont pas le sens de l'amour inconditionnel !

Comme ma chambre est occupée, on m'envoie dormir sous la table de la cuisine. Ça ne me plaît pas alors je m'arrête dans celle de patronne qui ne voit pas d'inconvénient à ce que je ronfle à ses côtés.

Ils bouleversent mes petites habitudes mais je les aime tous ces humains, particulièrement Patrick qui fume calmement sa pipe quand il me promène ou Annick qui me donne toujours une bouchée de fromage ou de pain beurré. Maîtresse est trop soucieuse d'éviter les conflits pour la rappeler à l'ordre. Sa soeur ne devrait rien me donner. La règle est absolue, de surcroît au sein de la famille !

26 juillet 2019

Ça sent le départ ! Je ne me fais pas prier pour monter en voiture. Les voisins nous prodiguent des conseils de prudence et nous saluent chaleureusement. Ils sont plus nombreux que d'habitude. C'est certainement parce que je pars en retraite et qu'ils ne me reverront pas.

5 août 2019

Un monsieur et une dame sont accueillis dans la pièce où mon école rencontre les familles. Sébastien a mené Nitro qui se couche à côté de la chaise de patronne. Ils s'assoient tous les quatre autour de la table. Comme je sais que quelque chose se décide pour moi, je reste debout, vigilante. Ils parlent calmement et échangent des papiers.

La dame pose beaucoup de questions et me caresse. Je n'ai envers eux aucune hostilité. Ils semblent très ouverts, bien qu'à mon goût ils admirent un peu trop Nitro. Mais je le leur ferai savoir en temps utile.

Nous nous rendons ensemble au bois et à l'ordre *va jouer* je m'élance avec mon successeur. Je cours encore bien, malgré mon âge et Nitro, délicat, m'attend. Je l'apprécie car il n'est pas dominant. Au retour, Sébastien apporte une gamelle d'eau et je bois la première pendant que mon compagnon patiente. Je bois longuement d'ailleurs, un peu comme si je ne voulais ne pas lui en laisser. Il se désaltère ensuite très doucement et je regagne la maison à pied, avec maîtresse.

8 août 2019

Au revoir, chère patronne. Depuis dix ans, j'ai marché au rythme de tes pas. Je ne te dis pas adieu car j'habiterai en région parisienne, dans une grande maison entourée d'un jardin beaucoup plus spacieux que celui de Lormes.

On m'amènera sûrement te voir, vu que nous ne serons pas loin l'une de l'autre. Ou ce sera peut-être toi qui nous rendras visite. Je commence une autre vie. En perdant mes droits d'entrer dans tous les lieux où les chiens sont interdits, je gagne en repos, un repos bien nécessaire pour mon grand âge. Sans bien m'en rendre compte je pars vers de nouveaux horizons ; et je sens que le monsieur et la dame qui m'emmènent vont beaucoup m'aimer. Ils ont déjà tout prévu pour me recevoir comme une vraie princesse.

ÉPILOGUE

Éducateurs et animaliers sont unanimes : ils déclarent que je suis de tempérament calme et docile, en un mot, adorable. Nitro, c'est mon nom. Je suis un grand labrador clair, de la couleur du sable des Caraïbes où il fait bon vivre. J'ai l'air très costaud et je prends beaucoup de place, mais je marche d'une allure modérée, un peu pépère. Mon aspect contraste donc avec mon caractère aimant et tranquille. J'aime surtout parcourir les trajets que je connais. Je suis un peu timide si on me demande de fréquenter de nouveaux lieux ou de changer de compagnon de route. Sébastien est tellement attachant ! J'avance au rythme de ses pas. C'est pour cela que je me sens perdu depuis quelques temps car on m'envoie, maintenant, passer tous mes week-ends chez une nouvelle maîtresse. Je commence juste à la connaître et je me serre contre ses jambes en remuant la queue, lorsqu'elle vient me chercher à l'école, le vendredi après-midi.

Je porte le body bleu d' «élève chien guide» car je n'ai pas encore passé ma certification. Ce jour-là, mon éducateur aura les yeux bandés et me donnera des ordres que je devrai exécuter sans faire de faute. Je suis confiant : je ne tire pas, je marche *au pied* et je m'assois à tous les carrefours. Je viens d'apprendre à stopper net face au vide le long des fosses du métro et des quais de trains. Je suis à l'aise partout, dans les centres commerciaux comme dans les gares. Bientôt viendra le moment de ma remise où ma future maîtresse aura le droit de me tenir au harnais. Pour l'heure, c'est à la laisse que je me promène avec elle. On fait pas mal de chemin ensemble puisqu'on rentre parfois à pied de l'école à la maison. Elle balance sa canne blanche devant elle, de droite et de gauche, afin de détecter les obstacles. Elle exagère, car je n'aurais pas l'idée de lui faire embrasser un poteau. Il faut dire que la circulation, même sur les trottoirs, est périlleuse : il y a maintenant des trottinettes garées n'importe comment et, en cette saison, des tas de feuilles mortes et des marrons qui peuvent faire glisser. Bref, on se débrouille comme on peut et je fais des progrès tous les jours : ça y est, je sais reconnaître l'entrée de l'immeuble quand elle dit *à la maison*.

Il y a un bébé qui vient de temps en temps

dans l'appartement. Il a tout juste un an et marche, comme moi, à quatre pattes. J'aimerais bien sympathiser avec lui mais je crois que je l'effraie un peu. Il ne pleure pas mais il fait « Hein ! hein ! » en mettant ses mains devant son visage quand je veux lui faire des bisous. Je ne sais pas comment m'y prendre pour jouer avec lui. Quand il voit que je dors sur mon coussin, il essaie de m'approcher. Alors, tout content, je me redresse mais il prend peur. Dommage ! Je voudrais tant qu'il m'apprivoise. La maîtresse suit toutes les opérations, assise par terre, à quatre pattes elle aussi et pieds nus.

J'ai rencontré Dune dernièrement, à la journée portes ouvertes qui a lieu invariablement le dernier dimanche de septembre dans toutes les écoles. Elle semble heureuse d'être en retraite. Elle court encore assez vite — je l'ai constaté dans le bois — mais elle se fatigue. Elle s'est mise à marcher *au pied* de maîtresse comme elle en avait l'habitude lors de ses détentes. Un peu essoufflée, elle m'a confié : « Prends la relève, moi j'ai un grand jardin et de gentils maîtres très attentifs. Je veux maintenant me reposer en leur compagnie. D'ailleurs, ils vont bientôt vous inviter à la maison ».

REMERCIEMENTS

Je tiens tout d'abord à remercier Ingeborg qui, à l'occasion d'un concert, m'a fait rencontrer Chantal, mon éditrice. Je remercie aussi cette dernière qui m'a soumis ce projet de raconter la vie de mes chiens guides en faisant entendre leur voix. Mes amis de la détente du mercredi m'ont apporté de précieux témoignages. Émilie et Véronique m'ont fourni de bons renseignements : la première sur l'emploi du temps des chiens en éducation, la seconde sur le travail des familles d'accueil. Je remercie aussi monsieur Romero, Aurore, Laurence et Stéphane et tous les éducateurs qui m'ont formée pour m'occuper de mes chiens, ces précieux auxiliaires que je n'oublierai jamais.

COUVERTURE

Illustration de Célia Papone, 12 ans

Afin de sensibiliser les jeunes au handicap,
RENAISSENS
confie l'illustration de ses couvertures
à des jeunes de moins de vingt ans.

Pour participer à la sélection des prochaines couvertures
rendez-vous sur la page du site Renaissens

http://www.renaissens-editions.fr/projet-jeunes/

ISBN : 978-2-491157-02-9
ISSN : 2678-8667
Dépôt légal : novembre 2019